KB194245

어린이는 멀리 간다

어린이는

멀리

간다

김지은 지음

창비

할머니 집은 기차역에서 한참 떨어진 곳에 있었다. 할머니는 나를 우리 강아지라고 불렀다. "우리 강아지, 오느라 얼마나 고단했냐."라며 손을 잡고 꼭 안아 주던 할머니의 품에서 나는 부끄러워하며 슬그머니 어깨를 빼곤 했다. 지금이었다면 폭 안겼을 텐데, 할머니는 하늘나라로 떠나고 이제 안 계신다. 서울로 돌아갈 때면 할머니는 꼭 역까지 배웅을 나와 기차 안까지 따라 들어올 수 있는 입장권을 끊었다. 그 무렵 환송객들은 표 끊는 곳 앞에서 헤어져야 했고 역에서는 출발 직전까지 같이 있고 싶은 사람을 위해서 승강장 입장권을 팔았다. 할머니는 직접 기차 좌석에 앉는 걸 보아야 마음이 놓인다면서 괜찮다고 손사래 치는 내게 꼭꼭 접은 종이돈과 간식 꾸러미를 쥐여 주고는 이렇게 말했다. "우리 강아지는 멀리 갈 사람 아니냐. 가다가 출출하면 이것저것 꺼내서 먹고. 먼 길 가려면 속이 든든해야 하니라. 할머니 걱정은 말고, 우리 강아지 서울 가서 하고 싶은 것 마음껏 하고, 아프지 말고 건강하고……." 곧 기차가 떠난다는 안내 방송이 나오면 할머니는 머리를 가만히 쓰다듬어 주고 객차에서 내렸다.

기차가 서서히 출발하는 동안 창문 밖으로 끝까지 손을

흔드는 할머니의 작은 몸이 보였다. 혼자가 되고 나서야 꾸러미를 열면 삶은달걀이랑 귤, 요구르트와 연양갱, 땅콩샌드, 스피아민트껌과 한 줌의 하얀 누가사탕이 들어 있었다. 할머니는 최선을 다해 '우리 강아지'가 좋아할 만한 것들을 챙겼을 테고, 나는 너무나도 할머니 같은 과자들이라고 생각했다. 멀리 갈 사람. 할머니가 나를 이렇게 부를 때마다 나는 내가 도착할 곳이 어느 아득한 미래 세계인 것 같다는 느낌을 받았다.

어린이는 귀하다. 오늘로부터 가장 멀리 떠날 사람이기 때문에 매 순간 소중하다. 어린이는 우리 곁을 떠나 늘 멀리 간다. 용감하게 떠나는 것이 어린이의 일이라면 정성껏 돌보고 사랑을 주어서 잘 보내는 것은 어른의 일이다. 첫 걸음마를 뗄 때 비틀비틀 두 발을 디디며 우리를 등지고 선 아기의 뒷모습은 웅장하고 애틋하다. 자전거를 배우는 아이가 뒤에 선 어른을 믿고 자전거 핸들을 꼭 붙잡은 채 페달을 구를 때, 몰래 손을 놓으면서 우리는 조금이라도 더 멀리 가라고 그들을 힘껏 밀어 준다. 초등학교에 갓 입학하여 낯선 교실에서 집을 그리워하던 어린이는 훌쩍 자라서 집 아닌 어느 곳에 앉아 어둑어둑해질 때까지 친구의 비밀을 들어 주며 귀가를 미루고, 가끔은 일기장에 엎드리며 쓰던 글자를 손등으로 감추게 된다. 눈물범벅이 되어 어깨를 들먹이는 아이의 슬픔 안으로 들어가 줄 수 없는 날도 찾아온다. 아이가 품에서 멀리 떠날수록 우리가 할 수 있는 건 작은 꾸러미와 간절한 응원뿐이라는 걸 깨닫는다. 할머니가 내게 그랬던 것처럼.

어린이는 멀리 갈수록 큰 사람이 될 것이다. 우리가 가보지 못한 곳에 닿아서, 한번도 만나지 못한 것을 보게 될 것이다. 그 경이로움과 친구가 되어 도전의 문을 두드릴 것이다. 어디쯤에서 사무치게 외롭고 뜨겁게 열병을 앓을 수도 있겠지만 우리가 그곳까지 따라갈 수는 없다. 그렇다면 멀리 가는 어린이를 맞아 줄 사람은 누구일까. 그것은 멀리 있는 어떤 사람일 것이다. 그 사람은 아마도 친구, 어쩌면 어른, 이웃집 할머니일 수도 있다. 멀리서 그의 손을 잡아 줄 누군가의 몫이 커지는 날은 반드시 온다. 그리고 나와 당신은 그 새로운 손이 되어 줄 수 있다. 먼 곳에서 알지 못하는 사람들이 그 어린이를 가까이 맞이하고 다음 꾸러미를 주며 더욱 먼 곳으로 떠나보낸다. 오늘의 어린이는 날마다 생소한 세계로 떠난다. 가까운 어른의 기도로만 아이를 기르던 시대는 지났다. 어린이가 안심하고 훨훨 날아가려면 좋은 사람들이 숲의 나무처럼 기다리고 있어야 한다. 충분히 먼 곳에 서서 달려오는 한 아이를 힘껏 안아 줄 수 있는 사람들이 필요하다.

쏜살같이 달라지는 세상에서 아이를 돌보는 일은 두려움의 연속이다. 겁이 나니까 익숙한 곳으로만 보내겠다는 건 슬기로운 일이 아니라는 사실을 알면서도 떠나는 아이의 손을 놓기가 쉽지 않다. 이럴 때 우리에게 힘을 주는 건 어린이의 용기다. 흔들릴 때마다 어린이의 결심에서 배운다. "잘 다녀올게요."라는 말이 뭉클한 것은 그들을 믿기 때문이다. 그들이 주는 믿음이 우리를 울리고, 우리를 살린다.

필연적으로 우리는 어린이와 헤어진다. 우리가 마중 나갈 수 없는 그곳에서 어린이들은 어느새 어른이 된 친구들과 함께 뒤따라 올 어린이들을 지키며, 그들의 등을 두드리고 밀어 주면서 살아갈 것이다. "잘 다녀올게요."라는 약속은 오랜 세월 동안 꾸준히 지켜진 약속이면서, 지켜진 적이 없는 약속이기도 하다. 그들은 마침내 우리가 도달하지 못하는 먼 나라의 멋진 영웅이 되었을 테니까.

나는 이 책에 어린이와 어린이책에 대한 이야기를 썼

다. 처음 동화를 쓰는 사람이 되기로 결심한 1990년대 초반, 이십 대부터 나는 틈만 나면 어린이에 관해 이야기하는 사람이었다. 호기심이 많은 나에게 어린이와 어린이책은 훼손 없는 상상의 스승이었다. 시작할 때는 그들에게서 배운다고 생각했는데 어느새 어깨를 맞대고 있었다. 부둥켜안고 있었다. 어린이는 말랑한 손바닥을 선뜻 내밀어 악수를 청하고 쿵쿵 발을 구르고, 가끔은 품에 파고들어 흐느끼며 촉감과 진동으로 자신들의 생각을 들려주었다. 그 심장소리를, 생생한 촉감을 놓치는 순간 어린이를 잃는다는 것도 알게 되었다. 이 책은 그때마다 마음을 적어 온 기록이다. 온라인과 오프라인의 공간에서 이 마음을 남기도록 오래 격려해 주신 고마운 분들이 있다. 이 자리를 빌려 깊이 감사드린다. 동화를 처음 써서 발표하고, 그림책을 우리말로 옮기고, 동화와 청소년문학을 비평하거나 연구할 때보다 부드러운 이 책 한 권을 내놓는 지금이 더 무겁다. 하지만 나는 이제 그 옛날 기차 안에서 웃으며 내렸던 할머니처럼 보낼 줄 아는 어른이 되었으니까, 이 책을 좌석에 두고 내리며 손을 흔든다. 오늘의 어린이를 환송하며, 사랑하고 존경하는 나의 동료, 먼 곳의 여러분을 믿으며.

2부

읽는 미래가 있는 미래다

3부

눈을 감고 쓰는 용기

1부

안 보여요?

걱정해야 할 것은 나이가 아니다

한 사람이 의견을 내고 그 의견을 인정받을 수 있는 나이는 몇 살부터일까. 가족이 어떤 일을 결정할 때 어린이의 의견은 대개 후순위다. 간식 종류를 결정하는 일처럼 가벼운 선택을 할 때에는 어린이의 뜻을 존중하지만 집 안의 가구 위치를 바꾸는 일 정도만 되어도 어린이의 발언은 밀려난다. 어린이는 발끝을 들고 서서 어른들의 대화에 견해를 보태겠다고 나서지만 실제 의견을 반영하기는 쉽지 않다. "그래, 말해 봐. 너는 어떻게 생각하니?"라고 아이에게 따뜻하게 묻는 순간에도 어른들 사이에는 이미 결론이 내려져 있는 경우가 많다. 뜻이 수용되지 않을 거라는 걸 알아챈 어린이는 떼쓰기로 대응하기 시작하고 어른들은 아이가 자신들의 중요한 논의를 방해한다고 느낀다. 습관처럼 "조용히 좀 할 수 없니?" "너는 네 생각만 하는구나." 같은 말을 건넨다. 조금 전까지도 스스로 의견을 가져 보려고 노력하던 어린이는 비난 앞에 위축된다. 시무룩한 채로 돌아서면서 자신의 생각을 갖는 것과 어른들의 말을 잘 듣는 것 사이에서 고민한다.

시민의 제1조건은 독립된 생각과 의견을 갖는 것이다. 어린이가 사회의 복잡한 갈등을 다 이해할 필요는 없겠지만 자신과 관련된 일이라고 판단한다면 어린이는 그 해결 과정에 적극적으로 참여할 수 있다. "어른 말씀에 끼어드는 것 아니다."라고 꾸중 들으며 자란 어른 세대는 자신들의 아이만큼은 존중하면서 키우고 싶다고 생각한다. 그러나 막상 어린이가 능동적으로 나오면 당황한다. 어린이 입장에서는 겉치레로만 존중받는 경험이 늘어난다. 그럼 언제쯤 진짜 시민이 되어 볼 수 있을까. 어려서부터 의견을 독립적으로 인정받고 그 의견을 표현해서 현실을 바꾸어 보는 경험은 소중하다. 내 의견이 존중받고 받아들여지는 과정을 보면서 다른 사람의 의견도 동등하게 반영해야 하는 이유를 알게 된다. 타인에게 받아들여지는 경험 없이는 시민이 될 수 없다. 상호 작용하면서 실행과 거절의 권리를 손에 들고 있다고 느껴야 시민의 영역에 들어설 수 있다.

2019년 스웨덴 예테보리 도서전에서 겪은 일이다. 해양 폐기물의 실태와 바다 생명의 위기를 그린 이명애의 그림책 『플라스틱 섬』(상출판사 2014; 개정판 사계절 2025)의 북토크가 열렸다. 객석에서 경청하던 오십 대 노르웨이 여성 독자가 북토크 이후 사인회의 긴 줄 끝에 섰다. 자신이 깊이 존경하는 환경 운동가에게 이 책을 꼭 선물하고 싶다는 것이다. 이명애 작가는 페넬로페 레아(Penelope Lea)라는 이름의 환경 운동가를 위해 사인을 했다. 알고 보니 당시 페넬로페 레아는 열다섯 살이었다. 세계에서 두 번째로 젊은 유니세프 대사였고 자신보다 더 어린 기후 운동가들을 이끌고 유엔기후변화협약 당사국 총회에 노르웨이 대표로 참여했다. 여덟 살 무렵부터 기후 문제에 대해 여러 공공 모임에서 발언해 왔으며 열한 살 때는 어린이 환경 단체인 '에코에이전트'(Eco-Agents)의 이사로 일했다. 페넬로페 레아는 "기후 변화는 어린이의 삶에 큰 영향을 미친다. 나는 내 친구와 이웃, 다음 세대가 살아갈 기회를 위해서 싸울 것"이라고 선언하며 도서전이 열리던 그날도 어느 현장에 가 있었다. 유니세프 노르웨이 위원회 카밀라 비켄(Camila Viken) 사무총장은 청소년인 페넬로페 레아야말로 어떤 어른들보다 가장 분명하고 강한 목소리를 지닌 기후 활동가라고 평했다.

위의 사례를 읽고 어린 친구가 참 대견하다고 느낀다면 아마도 그 마음 뒤에는 나이 서열주의가 있을 것이다. 아동과 청소년이 정치적 의사를 표현하면 어른들은 기특하다고 칭찬하고서는 그 판단이 문제라는 걸 잘 깨닫지 못한다. 심지어 나이도 어린데 뒤에서 누가 시킨 것 아니겠느냐, 스스로 뭘 알고 하는 일이겠느냐고 폄하하는 사람도 많다. 칭찬이든 폄하든 거기에는 어린이와 청소년을 부족한 사람으로 보는 차별적 태도가 담겨 있다. 어린이는 아직 자라는 중이지만 그것은 어린이의 특성이지 존재의 부족함이 아니다. 어린이는 잘 자라나서 어른을 기쁘게 해야 하는 예비 인력이 아니다. 완성형이 되어야만 권리를 갖게 되는 것이 아니다. 그들의 활동은 오늘 지금 이곳의 활동이다. 많든 적든 시민의 활동에 나이가 제약이 될 수는 없다.

　다른 권리는 어린이에게 줄 수 있지만 정치 참여의 권리는 나중에 주자는 사람들도 있다. 우리의 일상 가운데 정치적이지 않은 것이 어디 있는지 되묻고 싶다. 그분들과 대화를 나눠 보면 실은 다른 권리도 어른의 관리 아래 두고 싶다는 속마음을 발견하곤 한다. 그러나 아동청소년의 정치적 권리를 적극적으로 보장하는 것은 세계적 흐름이다. 2011년 유튜브에 올린 노래 영상이 큰 주목을 받으며 데뷔한 멕시코의 청소년 밴드 '바스케스 사운드'(Vázquez Sounds)는 이주 아동 차별 반대 메시지를 꾸준히 전파하고 청소년에 대한 폭력 종식을 외쳐 왔다. 페루에 거주하는 2006년생 배우 프란시스카 아론손(Francisca Aronsson)은 2019년 유니세프 대사로 임명된 후 십 대 소녀들의 조기 임신 예방, 성폭력 근절에 초점을 맞추어 여성 청소년들의 권리를 옹호하는 다양한 활동을 펼쳤다. 우리나라에서도 촛불청소년인권법 제정연대가 정치, 지역 사회, 학교 운영에서 청소년의 참여권 확대를 촉구하며 분투했고, 그 덕분에 2019년 선거 연령이 하향되어 만 열여덟 살부터 투표권을 갖게 되었다. 세계의 청소년들은 독자적 요구를 가지고 곳곳에서 목소리를 높이는 중이다.

기성세대는 새롭고 활기 넘치는 이 유권자 그룹이 정치적 의사를 표현하는 과정을 처음 겪고 있다. 걱정의 목소리도 들린다. 그러나 염려해야 할 것은 기성세대 자신이다. 그동안 아동과 청소년의 생각과 목소리를 귀엽게만 여겼던 것은 아닌가. 실제 힘이 실리는 일을 두려워했던 것은 아닌가. 어느 광장에서든 어린이와 청소년의 정치적 목소리를 만나면 몇 살이기에 저렇게 똑똑할까 기특해하며 나이를 묻기 전에 그 시민의 생각을 얼마나 정중히 듣고 명확하게 이해하는 중인지 돌아볼 일이다.

겨우 살아남은 젊은 사람들

어느 작은 마을에서 18년째 아기가 한 명도 태어나지 않았다. 그 마을의 초등학교는 7년 전 두 명의 졸업생을 내보낸 것을 마지막으로 폐교됐다. 어린이가 없는 마을은 텅 빈 우물 같았다. 마을에 사는 할머니 한 분이 바느질을 해서 헝겊 인형을 만들고 폐교의 책걸상을 닦은 뒤 그 인형들을 교실에 앉히기 시작했다. 마흔 개가 넘는, 어린이 몸집만한 인형들이 교실을 채웠다. 운동회의 계절이 다가오자 할머니는 인형들을 데리고 나와 마을 운동회를 열었다. 칠십대와 팔십 대가 대부분인 마을 주민들은 인형들의 손을 잡고 이어달리기를 했다. 2019년 일본 남부 시코쿠(四国) 섬의 나고로(天空) 마을에서 열린 인형 운동회 이야기다. 이 인형을 만든 할머니, 당시 일흔 살의 아야노 쓰키미(綾野月美)는 마을에서 어린이들을 볼 수 없는 현실이 안타까워 인형으로 아이를 만들었다는 인터뷰를 남겼다. 기이할 정도로 슬픈 장면이다.

코로나19로 인한 피해가 극심하던 시기 한 초등학교에 갈 일이 있었다. 방과 후 교실이며 운동장에서 시끌시끌한 소리가 들려올 시간인데 한 명의 어린이도 만날 수 없었다. 감염병의 위험을 줄이고자 단축 수업을 하고 어린이들은 곧

장 하교했다. 플라스틱 칸막이를 치고 띄엄띄엄 세워 둔 책상에는 어린이가 스쳐 간 흔적만 남아 있었다. 서둘러 집에 가야 했던 어린이 중에는 학교에 와 있는 서너 시간이 유일하게 웃을 수 있는, 가장 안전하고 편안한 시간인 어린이도 있었을 것이다. 인정하고 싶지 않은 사실이지만 어떤 어린이에게는 집과 가족이 무섭다. 대문을 열고 들어가는 일이 두려울 수 있다. 꼭 그렇지 않더라도 '집에 있음' 자체가 어린이의 안전을 보장하지는 않는다. 학교에서 돌아온 초등학생이 휴대폰을 켜는 순간 예상 밖의 불법적 공간이 그를 맞이할 수도 있다.

어린이와 청소년을 겨눈 온라인 성 착취 범죄를 우리 사회와 법 제도가 얼마나 솜방망이로 처벌해 왔는지 더 말하지 않겠다. 그럼에도 어린이들은 학교에서 배운 대로 약속을 잘 지키며 열심히 공부하면 세상이 나아질 거라는 강한 믿음을 가지고 있다. 어린이의 귀에도 어려운 문제들이 들리지만 어린이는 그래도 어른들이 해답을 알지 않을까 기대한다. 가족과 사회를 향한 응원의 마음을 쉽게 거두지 않는다. 언젠가 편의점에서 만난 이웃집 어린이에게 코로나19로 갇혀 지내는 시간들이 힘들지 않은지 근황을 물은

적 있다. 그때 그는 "우리 집 비누가 정말 큰데 제가 요새 비누를 맨날 씻어 줘서 비누가 완전 작아졌어요. 여름 방학 동안 마스크 잘 쓰면 올가을에는 다시 축구 교실 하겠지요?"라고 되물었다. 초승달 같은 눈을 하고 너무 많이 웃어서 마스크 바깥으로 웃음이 다 새어 나왔다. 같이 웃었지만 가을에 축구 교실이 재개되겠느냐는 질문에는 결국 대답하지 못했다.

2020년 7월 통계청이 인구 동향을 발표했다. 출생은 계절의 영향을 받기 때문에 지난해 같은 달과 통계 수치를 비교하는데 2020년 5월의 출생아는 2,359명으로 2019년 5월보다 9.3퍼센트 줄었다. 같은 시기 혼인 건수는 21.3퍼센트 감소해 1981년 통계를 내기 시작한 이후 가장 낮았다. 코로나19의 영향도 있지만 아이를 낳을 만한 이삼십 대 인구 자체가 줄었다. 그들에게 필요한 좋은 일자리는 대도시에 몰려 있다. 그런데 대도시에는 누가 살까? 사람의 목말을 탄 돈들이 살고 있다. 몇 번이고 환생하면서 수백 년 넘게 일해서 받은 돈을 모조리 저금해도 모자란 어마어마한 가격의 집들이 살고 있다. 대도시에 있는 집의 실질적 주인들은 돈인가 싶을 정도로 집에 관해서 이야기할 때면 얼마짜리라는 거래 가격 이야기가 자주 들린다. 그 집값을 벌기 위해 사람들은 집에 들어가지 못하고 늦게까지 일터에서 시간을 보낸다. 도시 밖에는 일자리가 없으니 사람들은 낮이면 도시로 몰려들었다가 밤이면 광역 버스에 실려 바깥으로 튕겨져 나온다. 그 집들은 "우리들의 가격은 내일 더 오를 것이다. 영원히 떨어지지 않으니 들어올 생각도 말라."라며 다투어 외치는 중이다.

돈이 집주인이 되는 막막한 현실 앞에 비겁하게 눈을 감을 때, 그래도 고통스러운 모순과 타협하지 않고 고발하는 목소리들이 있다. 생존 경쟁의 아수라장에서 어떻게 사랑하고, 어떻게 살아가라는 말이냐고, 지금도 겨우 살아남았다고 말하는 젊은 목소리가 들린다. 이런 대사는 긴 인생을 회고하는 백발의 인물이나 할 법한 것이다. 어린이와 청소년에게 '살아남았다'라는 동사는 어울리지 않는다. 그들은 미래를 꿈꾸면서 살고 있어야 옳다. 그런데 젊은이들의 절규가 끊이지 않는다. 절벽 같은 재난을 겪는 연령이 갈수록 낮아진다는 것은 무엇을 의미하는가. 왜 이 사회에 어린이가 없을까를 물을 것이 아니라 우리 사회가 어린이와 젊은이의 자리를 차곡차곡 없애고 있다는 걸 알아야 한다.

백온유의 소설 『유원』(창비 2020)은 재난에서 살아남은 생존자의 죄책감을 다룬다. 주인공인 고등학생 유원은 12년 전 고층 아파트 화재 현장에서 숨진 친언니에게 목숨의 빚을 지고 있다. 그는 자신을 살리고 세상을 떠난 친언니와 당시 길을 지나던 모르는 아저씨의 희생으로 우연히 살아남았다. 그는 세상 사람들이 자신을 둘러싸고 기도처럼 중얼거리는 '희망' '기적' '빛'과 같은 단어를 볼 때마다 괴로워한다. "세계 전체에 희박한 것들을 굳이 내게서 찾으려는 시도가 폭력적으로 느껴진다."라고 말한다.

　돈이라는 주인을 모시는 일을 그만둘 생각이 없어 보이는 지금의 사회는 빈 교실에 헝겊 인형이라도 앉혀 두고 마음을 달래려는 것처럼 무력해 보인다. 소설 속의 생존자 유원이 원하는 것은 살아남아서 다행이라는 안도의 한숨이 아니라 살아남지 않아도 삶을 꿈꿀 수 있도록 가능성이 넘치는 세상일 것이다.

어린이의 밥그릇은 어른이 챙겨야 한다

초등학교 입학식에 대한 내 기억은 아이들이 꽉 찬 운동장으로 시작한다. 인파 속에서 엄마를 잃어버리지 않기 위해 손을 꼭 붙잡고 있었다. 담임 선생님은 아이들의 키를 재더니 설 자리를 정해 주었다. 나는 81번이었고 1학년은 20반까지 있었다. 지붕이 빼곡하게 들어찬 산동네를 끼고 그 중심의 가장 높은 곳에 있었던 우리 학교는 서울에서도 손꼽히게 컸고 과밀 학급이었다. 짝수 반과 홀수 반이 번갈아 오전반과 오후반을 오가는 2부제 수업을 했고 늘어나는 전입 학생을 수용하기 위해 다급히 마련된 1학년 교실 중 몇 군데는 지하에 있어서 볕이 들지 않았다.

초등학교에서 만난 다양한 친구들이 가끔 생각난다. 주위를 둘러보면 늘 상상을 뛰어넘는 아이들이 있었다. 줄넘기를 들고 엇걸었다 풀어 뛰기를 식은 죽 먹듯 하는 아이, 전날 텔레비전에서 본 「주말의 명화」 속 대사를 외워 성우와 똑같은 목소리로 들려주는 아이, 연필 하나로 바퀴벌레를 진짜보다 더 번들거리게 그리는 아이도 우리 반에 있었다. 움직일 틈도 없는 교실에서는 툭툭 다툼이 끊이지 않았다. 친구들과 싸우다가 억울한 일을 당해도 반에 한두 명쯤은 "네가 잘못한 것 없다"라고 하며 그 마음을 알아주어서 크게 서럽지 않았다.

　얼마 전 충남과 경북의 소도시에 갈 일이 있었다. 충남의 도서관에서는 이용자 중 육십 대 이상이 많다는 이야기를 들었다. 신청 도서를 받아 책을 입고하면 장년층 위주로 장서가 편중된다고 했다. 사서들은 재미있는 아동청소년책을 갖추어 서가의 균형을 맞추려고 노력하는데 정작 그 책을 읽을 방문자는 찾아보기 힘든 현실이라는 것이다. 그 도시에는 친구 손을 잡고 도서관에 올 청소년이 없었다. 다들 학원가가 있는 근처의 큰 도시로 이주해서 가장 가까운 중학교의 1학년이 모두 세 명이고, 주변 학교 상황도 비슷하다고 했다. 북토크를 위해 찾은 경북의 어느 책방에서도 비슷한 이야기를 들었다. 마침 그날 현장 학습 겸 학생을 데리고 책방을 찾은 국어 선생님이 있었다. 따라온 남학생 둘 다 책을 대하는 태도가 진지해서 선생님의 평소 독서 교육 과정이 얼마나 탄탄한지 짐작할 수 있었다. "특별히 책을 좋아하는 학생들을 데리고 오셨나 봐요."라고 말했더니 선생님은 씁쓸한 웃음을 지었다. 학년 전체가 두 명이라는 것이었다. 한 달 전부터 그중 한 친구가 다른 학년 누나와 사귀기 시작했고 쉬는 시간이면 쪼르르 다른 층으로 가 버리는 바람에 교실에는 나머지 한 학생만 남는다고 했다. 싸우려 해도 싸울 친구가 없는 상황이랄까.

1980년 3월 13일 자 동아일보 4면 기사에 따르면 당시 서울 관악구 신대방동 문창국민학교 1학년은 23반까지 있었고 전교생은 9,561명이었다고 한다. 1980년과 2025년 초등학교 학생 수를 비교해 보면 549만 명에서 235만 명으로 줄었으니 절반 이하로 감소했다. 어린이 곁에 어린이가 없다는 건 누구보다도 어린이 자신에게 심각한 일이다. 나무는 흙에 뿌리를 내리며 자라고, 사람은 친구에 파묻혀 자란다. 이렇게 어린이가 적으면 관계 경험이 단조로워지는 것은 물론 심리적으로도 흔들리게 된다. 어른들 중심의 세계에서 자신의 편이 되어 줄 든든한 또래가 드물기 때문이다. 나아가 우리 사회에서 어린이가 사라진다는 것은 어린이의 권리를 주장하는 목소리도 그만큼 약화될 수 있다는 것을 의미한다.

김효은의 그림책 『우리가 케이크를 먹는 방법』(문학동네 2022)에는 다섯 남매가 나온다. 오 남매는 나눗셈을 배우기도 전부터 무엇이든 다섯으로 나눌 줄 안다. 이 집 아이들은 원하는 것을 얻기 위해선 적극적으로 이야기해야 하고, 무엇보다 빨라야 한다는 걸 안다. 하지만 오 남매가 함께 자란다는 건 그중 누가 어디라도 아플 때 "괜찮아?"라는 말을 네 번씩은 듣는다는 뜻이기도 하다. 저마다 다른 성격을 지닌 다섯 아이는 다정함도 다섯 배다. 다섯 사람 몫의 책임과 결정을 관계 속에서 배운다. 오 남매가 그랬듯이 1980년에 같은 학교, 같은 학년이었던 9,561명의 어린이들은 학교를 다니면서 9,561가지 우주를 만났을 것이다. 배가 고픈데 점심시간은 언제 오느냐는 아우성이나, 학교 끝나고 집에 가는 길에 비밀을 알려 주겠다는 친구의 귓속말도 지금 아이들보다 몇백 배는 자주 들었으리라. 그에 비하면 한 명의 신입생도 귀중한 이 시대의 교실에는 어린이의 권리를 같이 외쳐 줄 어린이가 없다. 그들을 지켜 줄 또래가 사라졌다. 울어도 내 편을 들어줄 이 없는 호젓한 교실에서는 울음을 그치는 방법도 내가 알아서 찾아야 한다.

어린이를 위한 법령의 근간이 되는 아동기본법이 필요하다. 그러나 우리나라에서는 19대 국회부터 10여 년이 넘는 기간 동안 발의와 폐기가 반복되는 상황이다. 제안된 아동기본법에는 아동의 '생존권' '보호권' '발달권' '참여권' 등을 보장해야 한다는 내용이 담겨 있다. 1989년부터 유엔아동권리협약에 명시된 사항이다. 그럼에도 그동안 우리에게는 아동의 권리를 주체적으로 인식하고 구체적으로 보장하는 법률 체계가 없었다. 아동을 보호와 교육 대상으로만 보았기 때문이다. 정익중 이화여대 사회복지학과 교수는 아동 유튜버의 노동권을 예시로 든다. 현행법에는 아동이 경제 활동을 강요받지 않아야 한다고만 규정되어 있을 뿐 디지털 시대의 달라진 아동 노동 현실에 관한 부분은 없다. 노동법에도 유튜브에 출연하는 아동을 노동의 주체로서 보호할 수 있는 구체적 조항이 없다. 아동기본법이 이러한 구체적인 내용들을 담아야 한다는 것이 그의 제안이다.

『우리가 케이크를 먹는 방법』에서 한 통의 아이스크림 앞에 다섯 개의 숟가락을 들고 조르르 모여 앉아 "우리는 무엇이든 5로 나눌 수 있습니다."라고 말하던 오 남매는 지금 어른이 되어 각자의 삶을 따로 또 같이 살고 있을 것이다. 1980년에 문창국민학교를 다니던 9,561명의 어린이는 오십 대가 되었다. 지금 우리 어린이의 밥그릇은 누가 챙겨야 할까. 그들에게 또래를 대신해 줄 힘이 필요하다. 아동기본법의 제정에 어른이 힘을 모아야 한다. 어린이가 사라지는 위기의 시대에, 어린이의 밥그릇은 어른이 챙겨야 한다.

어린이를 지키는 사람들

미하엘 엔데(Michael Ende)의 동화 『끝없는 이야기』(비룡소 2003)는 비가 억수로 퍼붓는 11월의 아침, 주인공 바스티안이 책방에 들어서는 장면으로 시작한다. 책방 주인은 이곳에는 애들이 볼 만한 책이 없고, 너한테 절대로 책을 팔지 않을 거라고 퉁명스럽게 말한다. 책방 주인이 전화를 받기 위해 안쪽으로 들어간 사이에 아이는 주인이 읽다가 내려놓은 책을 집어 든다. 표지를 보자마자 매료된 그 책의 제목은 '끝없는 이야기'였다. 바스티안은 값이 얼마가 나가더라도 그 책을 꼭 갖고 싶었지만 주인은 아이들에게는 책을 팔지 않는다고 분명히 선언한 터였다. 한참 망설인 끝에 바스티안은 외투 안 깊숙이 그 책을 넣고 꼭 감싸안은 뒤 책방을 빠져나와 그대로 쏟아지는 빗속을 달린다.

'애들이 볼 만한 책'이란 무엇일까. 도서관이나 책방에 가야만 세계를 이해할 수 있는 정보를 얻을 수 있던 시절에 책이란 비밀의 문을 여는 열쇠 같은 것이었다. 사람을 통제하려면 그가 입수할 수 있는 정보의 범위를 제한해야 했기에 책은 관리의 대상이었다. 어떤 책을 볼 수 있도록 꺼내 놓거나 볼 수 없도록 감추어 두는 일은 권력자들의 주요 업무였다. 가끔 여러 가지 이유로 각별한 대우를 받는 책도 있었다. 그런 책은 마치 은행 직원이 육중한 금고를 여는 것처럼 까다로운 절차를 거쳐서 소수의 특권층만 손에 넣을 수 있었다. 백성들이 볼 만한 책과 함부로 볼 수 없는 책이 명확히 구분되어 있었던 셈이다.

금서(禁書)는 역사적으로 권력의 전횡과도 관련이 깊다. 역사적으로 살펴보면 책을 거두어 불태우는 분서(焚書)부터 책의 유통을 금지하는 반포(頒布) 금지, 개인 소장을 금지하는 사장(私藏) 금지, 외부로부터의 구입이나 반입을 금지하는 구래(購來) 금지까지 권력자의 책 통제 방식은 다양했다. 너무 재미있어서 못 읽게 한 책도 있다. 중국 명나라 때 사대부들이 경학 공부를 뒷전으로 하고 밤낮 어느 책만 읽어서 그 책을 금서로 지정했다는 기록이 있다. 우리도 계엄과 독재 치하에서는 평범한 사람이 금지된 책을 읽다가 국가 기관에 끌려가 고초를 겪는 일이 드물지 않았다. 대학 때 한 선배 언니가 등굣길 버스에서 시집을 읽다가 형사에게 연행되어 수업에 오지 못했던 기억이 난다. 그 언니가 읽은 시집은 지금 어느 도서관에 가든 만날 수 있는 자유로운 책이 되었고 금지된 시집 안의 언어를 사랑했던 언니는 노래를 훔쳐 가는 세계에 대해서 노래하는 시인이 되었다.

그렇다면 지금은 금서가 사라진 시대일까? 2020년 어느 지방 자치 단체에서는 여성가족부가 추진한 교육 문화 사업 '나다움을 찾는 어린이책'에서 선정한 추천 도서 중 일곱 종의 도서관 수서 및 대출을 금지하라며 의회가 압력을 행사했다. 그전에도 어린이의 인권 감수성을 높여 주고 성평등 인식을 길러 주는 책에 대한 일부 단체의 민원이 있었고 정부가 이를 받아들여 회수를 결정한 적이 있다. 그들이 표적으로 삼은 책은 달라진 미디어 환경에서 폭력적인 불법 콘텐츠에 노출된 어린이에게 정확한 성교육을 펼치기 위해 만든 책이다. 전문가들이 연구하고 논의를 통해 검증했으며 세계의 어린이들이 학교와 도서관에서 자유롭게 읽고 있는 책들이다. 50년 전쯤에 발간된 고전도 있다. 이 책들을 회수하라고 요구하는 사람들은 추천의 이유에는 귀를 막은 채 성(性)을 다루는 책이니 어린이에게 유해하다는 말만 쏟아낸다. 어린이를 위한 책을 만들고 그중에서도 좋은 책을 찾아 소개하는 사람들이 설마 어린이의 정서를 해치려고 이런 책을 내놓았을까.

어떤 책을 아이의 손이 닿지 않는 책장의 높은 곳에 올려 둘지 말지는 아이를 키우는 사람이면 한번쯤 고민하는 문제다. 아직 보여 주고 싶지 않다는 마음이 들 때 우리는 그 책을 높은 칸으로 올린다. 그러나 어린이는 그 아래 의자를 놓을 줄 알고 책은 그 책장에만 있는 것이 아니다. 더구나 오늘날은 어린이가 디지털 기기로 거의 모든 정보를 입수할 수 있는 시대다. 비대면 시대에 어린이들은 한동안 학교에 가지도 못하고 휴대폰을 통해 온갖 정보의 바다를 드나들며 살았다. 책이라는 비교적 정돈된 정보와 멀어진 채 고립된 무인도 생활을 하던 아이들에게 잔혹하고 폭력적인 각종 온라인 콘텐츠가 달려들었다. 그때야말로 빠르고 강력하게 분노가 조직화되었어야 했다. 디지털 세계는 너무 방대해서 어쩔 수 없다고 수수방관하던 이들이 왜곡된 호기심을 바로잡고 몸과 마음의 변화를 과학적으로 알려 주는 책에 대해서는 보기에 불편하다는 이유로 금지하자며 목소리를 높인다. 어둠의 성, 공포의 성 안에 아이들을 가둬 두고자 하는 것처럼 보인다. 책을 통해 아이들과 대화하며 어린이가 좀 더 안전한 곳에서 살아가게 하려는 교사와 작가의 노력은 '금서' 세력에 의해 무력하게 제압당했다.

『끝없는 이야기』를 품고 폭우 속으로 뛰쳐나갔던 바스티안은 그 책을 읽으면서 그동안 알지 못했던 세계의 위기를 깨닫게 된다. 그리고 소멸될 수도 있는 위험 속으로 달려가 세계를 구해 내고 상실했던 삶의 의미를 되찾는다. 어린이들의 책을 벽장에 가두면 사유의 성장도 감금된다. 책을 빼앗는 이와 찾아 주려는 이 중에서 누가 어린이를 지키는가 묻고 싶다.

두 사람의 죽음

어린이가 읽는 문학 작품에서는 비교적 넓은 공간의 범위를 오가며 벌어지는 일이 그럴듯한 일로서 허용된다. '그럴 수 있다'의 기준이 어른들이 읽는 작품보다는 너그럽다. 『이상한 나라의 앨리스』(1865)에서 앨리스는 숲에서 만난 토끼가 회중시계를 흘낏 보며 어딘가로 달려가는 장면을 목격한다. 동화의 독자는 충분히 '그럴 수 있다'고 생각한다. 권정생 동화 『강아지똥』(정승각 그림, 길벗어린이 1996; 개정판 2017)에서 돌이네 강아지 흰둥이가 담 밑 구석에 누고 간 똥은 소달구지 바퀴 자국 한가운데 뒹굴고 있던 흙덩이와 한바탕 실랑이를 벌인다. 어린이는 그것이 말이 안 되는 것 같아도 이야기 안에서 일어난 일이라면 최선을 다해서 믿는다. 그들의 눈에 세상은 광활하고 아직 증명되지 않은 진실이 많으므로 섣불리 "말도 안 돼!"라고 단정 짓지 않는다. 주인공을 따라서라면 우주 끝 어딘가, 낯선 곳으로 떠나는 일도 마다하지 않는다.

겁이 없기 때문에 무모한 결정을 내리는 것은 아니다. 어린이라고 모험이 무섭지 않겠는가. 하지만 그 모험에 내가 꼭 필요하다면, 구해 내야만 하는 간절한 무엇이 있다면 동화의 어린이 독자는 주인공과 함께 자신이 지닌 것 모두를 그 일에 건다. 작가는 어린이의 넉넉한 품을 믿고 과감하게 새로운 이야기를 쓴다. 동화는 종종 처연한 슬픔과 세계의 음험한 뒷면까지 파고들어 가기도 한다. 성장의 과정은 반드시 어둠을 거쳐 가기 때문이다. 패트릭 네스(Patrick Ness)의 동화 『몬스터 콜스』(짐 케이 그림, 웅진주니어 2012)는 엄마의 죽음을 받아들여야만 하는 어린이의 처절한 분투를 그렸다. 김동수의 그림책 『잘 가, 안녕』(보림 2016)은 길에서 무고하게 차에 치여 죽은 동물의 장례 절차를 재현한다. 어린이가 감당할 수 있는 방식으로 아픔을 쓰고 그린다.

한편 온라인 공간에서는 어린이의 감당을 고려하지 않은 날것의 어둠이 실시간으로 제공되는 중이다. 디지털 좌판에서는 선정적이고 폭력적인 홍정이 벌어지고 막무가내로 자극적 정보가 쏟아진다. 오늘날의 어린이는 디지털 접근 경험이 많을 수밖에 없고 따라서 무책임한 폭력의 소나기 아래서 우산도 없이 길을 잃기 쉽다. 휴대폰만 열어도 죽음의 비통함을 쉽게, 가까이에서 볼 수 있다. 작가들은 그들이 마음을 크게 다치지 않도록 문학적·예술적 경험을 통해 다리를 놓아 주고자 애쓴다. 오늘도 누군가의 죽음을 두고 실시간 오락거리로 소비하는 댓글이 달린다. 존재의 고통을 놓고 존엄의 서열을 매기는 일이 벌어진다. 그러나 이 세계의 어느 생명도 게임의 도구가 될 수는 없다. 모든 전쟁은 참혹하며 결별은 참담하다. 태어나고 싶어서 태어나지 않았지만 오늘도 열심히 살고 있는 어린이는 죽음을 목격하면서 삶의 모순을 처음 알게 된다. 그 모순에 담긴 진실을 알고자 애쓴다. 어른은 지나쳐 버리는 죽음 앞에서도 어린이는 온 우주의 마음으로 슬퍼한다. 이 힘겨운 시간을 어린이 혼자 감당하게 하고 싶지 않아서 작가는 조심스럽게 죽음을 이야기하는 동화를 쓰고 그의 손이 닿는 곳에 둔다.

동화작가들이 작품에서 거의 다루지 않는 죽음이 있다. 어린이나 청소년이 스스로 목숨을 끊는 상황이다. 한창 성장 중인 사람은 죽음을 상상할지언정 꿈꾸지는 않는다. 반환점이 어딘지도 모르는 생의 출발선에서 애초에 죽기부터 결심하는 어린이는, 아마도 없다. 만약 어린이가, 청소년이 죽음을 결심한다면 그것은 동화 속에서조차 결코 일어나서는 안 되는 어떤 큰 문제가 일어났음에 틀림없다. 헤아리기 힘든 비극적 현실이 어린이가 선택한 죽음 뒤에 있을 것이다.

2021년 어린이날 일주일 후 청주의 한 아파트 화단에서 여자 중학생 두 명이 숨진 채 발견되었다. 같은 초등학교를 다녔다가 서로 다른 중학교에 진학한 친구 사이였다. 두 사람은 유서를 남기고 함께 목숨을 끊었다. 그중 한 아이가 양부가 자신과 친구에게 저지른 성폭력과 학대에 대해 학교 상담실에 알리고 경찰에 수사를 요청한 지 녁 달 만의 일이었다. 경찰이 청구한 구속 영장이 두 번이나 반려된 상태였다고 한다. 그들의 겨울과 봄을 생각한다. 고통 속에 서 있었을 여러 해를 생각한다. 친구의 집에 찾아간 다른 친구의 마음을 생각한다. 두 여학생이 손을 잡고 상담 센터를 찾을 때까지의 걸음을 생각한다. 경찰서에서 기억하고 싶지 않은 잔인한 상황들을 되새겨야 했을 막막함과 그들에게 거듭 던져졌을 건조한 질문의 목록을 생각한다. 가해자가 있는 집으로, 그가 버젓이 돌아다니는 동네로 돌아가야 했을, 두 학생의 울음을 생각한다. 그리고 동화가 아니라 현실 속에 있는 우리가 끝까지 해야 할 몫을 생각한다.

처음으로 웃은 날

갓난아기는 눈을 감고 있는 시간이 많다. 사람만이 아니라 아기 노루도 마찬가지다. 눈을 뜨고 세상을 보는 일은 조금 더 준비가 된 뒤에야 가능하다. 그림책 『밤비, 숲속의 삶』(필리프 잘베르 지음, 웅진주니어 2021)의 첫 장면도 그렇다. 엄마 노루는 방금 태어난 아기 노루 밤비가 눈을 뜰 때까지 얼굴을 핥고 또 핥아 준다. 밤비가 일어서는 연습을 할 때도 그렇다. 다리를 펴서 조심조심 땅을 짚어 볼 때, 어깨와 목을 들어서 어떻게든 혼자 서 보려고 할 때, 엄마 노루는 턱으로 끊임없이 밤비를 도닥여 준다. 밤비는 서자마자 쓰러진다. 그때 엄마 노루는 말하고 또 말한다. "서두르지 않아도 돼. 밤비. 엄마는 널 믿어." 밤비는 마침내 혼자 일어서고 엄마 노루에게 살짝 웃음을 짓는다. 그날이 밤비가 처음으로 웃은 날이다.

이 책의 원작은 1922년 오스트리아 빈의 신문에 연재되었던 펠릭스 잘텐(Felix Salten)의 동명 소설로, 디즈니 애니메이션 「밤비」(1942)의 모티프가 된 작품으로도 유명하다. 야생 동물의 생태를 본격적으로 다룬 작품으로 당시 높은 평가를 받았다. 길을 걸을 때는 두 다리만 사용하면서 가끔 세 번째 다리를 들어서 불을 뿜어 대는 사냥꾼은 밤비에게 공포의 대상이다. 작가는 밤비의 눈을 빌려서 자연을 파괴하는 인간의 폭력성을 강도 높게 비판한다. 나치는 그의 작품을 모두 금서로 지정했다.

잊혔던 밤비가 다시 호명된 적이 있다. 2018년 미국의 한 법정이었다. 캔자스주, 네브래스카주, 미주리주를 오가며 사슴 수백 마리를 밀렵한 남자가 체포되었다. 그는 커다란 뿔을 가진 사슴을 골라 죽이고 머리만 취한 뒤 몸통은 버렸다. 이렇게 오락하듯 야생 동물을 죽이는 행위를 '트로피 사냥'이라고 부르는데, 트로피 사냥꾼들 때문에 군집 전체가 멸종하기도 한다. 법원은 그에게 벌금과 징역을 선고하면서 교도소 안에서 애니메이션 「밤비」를 보라는 명령을 내렸다. 생명의 존엄함을 모르면 징역을 마쳐도 달라지지 않을 거라는 게 법원의 판단이었을 것이다.

동물을 잔인하게 사냥하고 이득을 취하는 행태가 타국에서만 일어난다고 생각하면 큰 오산이다. 전국의 반달가슴곰 사육 농장에서는 종종 탈출 사고가 일어난다. 반달가슴곰은 멸종 위기 동물임에도 웅담, 피 등이 거래됐다. 한때 농가 소득 창출용으로 사육이 권장되기도 했다. 1993년 무역 제한 조치가 시행되었지만 이미 들여온 곰들은 방치된 상태였고 2024년 기준 국내에 약 270마리의 사육 곰이 있다고 한다. 곰 사육을 금지하는 법이 2025년 시행됐고 사육 곰 구조 단체인 '곰 보금자리 프로젝트'는 야생 동물 보호 구역을 마련해 곰을 옮기는 계획을 세우고 있지만 아직 갈 길이 멀다.

갈 곳이 없는 어린이와 청소년은 어디에서 지낼까? 그들을 지켜 주는 곳은 몇몇 보호 시설인데 이마저 부족하고 한계가 있다. 법에서 정한 보호 종료 연령이 되면 시설을 떠나야 한다. 이전까지는 열여덟 살이 되면 정착금 500만 원을 들고 무조건 시설에서 나가야 했지만 법이 개정된 2022년부터는 본인의 의사에 따라 스물네 살까지 시설에 머무를 수 있게 됐다. 자립 수당 지급 기간도 3년에서 5년으로 늘리고 공공 후견인 제도도 시행 중이다. 갈 길이 멀지만 가족의 지지 없이 야생의 숲에서 자립해야 하는 청년들에게 힘이 되어 주려는 어른이 점점 늘고 있다.

그림책 『밤비, 숲속의 삶』 '겨울' 편에는 이런 문장이 나온다. "엄마는 어디서 먹이를 구할 수 있는지, 풀뿌리라도 찾으려면 쌓인 눈을 어떻게 파헤쳐야 하는지 가르쳐 주었어요. 먹을 것 걱정 없던 시절이 너무 오래전 일 같았지요." 엄마가 있어도 밤비가 처음으로 맞이하는 숲의 겨울은 이렇게 무섭다. 보호가 종료되어도 자립이 두렵지 않도록, 서두르지 않아도 된다고 말해 주는 구체적인 지원 대책이 더 많이 마련되길 바란다. 당신을 믿는다고 응원해 주는 사회적 후견인들의 목소리도 더 자주 들렸으면 좋겠다.

사람이라면 누구나 갖는 감정

세차장, 편의점, 미용실……. 많은 곳에 일하는 청소년이 있다. 택배 배달을 받으면 그전까지의 기다림을 잊듯이 우리는 일하는 청소년의 존재를 수시로 잊는다. 그들은 급여를 착취당하기도 하고 아예 급여가 없는 곳에서 일하기도 한다. 가족 안의 사정이라 잘 알려지지 않았을 뿐 식구 중에 환자가 생기면 청소년이 돌봄을 맡는 경우도 많다. 이들을 가족 돌봄 아동이라고 부른다. 어떤 청소년들은 저숙련 예비 노동자로서 산업 현장에 실습을 나갔다가 재해의 위험에 방치되기도 한다. 아슬아슬하게 실습을 마치면 그가 겪은 위험은 없던 일처럼 지워진다. 비자립 가출 청소년의 경우 보호자와 고리가 끊어졌다는 것을 간파한 이들이 폭력이나 성범죄의 표적으로 삼기도 한다. 청소년은 일터에서 계속 목숨을 잃는다. 지난 2021년 요트 관광 업체에서 잠수 작업 도중 숨진 고교생 홍정운 군 그리고 2024년 한 제지 업체에서 숨진 채로 발견된 이 모 군. 산업 재해가 빈발하는 특성화고 현장 실습의 문제점을 지적하고 제도의 폐지를 외치는 목소리 또한 끊이지 않는다.

청소년은 두루 보살핌을 받는 존재일 것이라고 생각하지만 어떤 이에게 따스한 돌봄의 풍경은 환상이다. 상당수

청소년이 가정에서 환자를 돌보거나 노동 현장에서 일한다. 처우가 정당한지, 부당 노동 행위는 없는지 점검하는 일은 뒷전으로 밀린다. 정당한 노동으로 인정받지 못한다는 점에서 그들은 대부분 같은 처지다. 청소년의 노동을 더해야만 삐걱삐걱 돌아가는 가정과 사회는 그들의 고통을 빼기로 바꾸고도 모른 척한다. 산업 재해로 인한 억울한 죽음마저도 기억에서 쉽게 지워 버린다.

김해원의 청소년소설 『나는 무늬』(낮은산 2022)는 열여덟 살 여성 청소년 문희가 피의자가 되어 신문을 받는 장면으로 시작한다. 고소인은 족발 가게를 운영하는 사장 김수성이다. 문희는 그 식당에서 오토바이 배달을 하다가 사고로 숨을 거둔 또래 청소년 이진형의 죽음을 파헤치고 있었다. 피해자의 사진과 함께 애도의 글을 인터넷 게시판에 올려 식당 사장의 명예를 훼손했다는 이유로 고소당한 것이다. 경찰은 문희에게 사망한 청소년 노동자 이진형과 아는 사이냐고 묻는다. 문희는 "가게 앞을 지나다가 몇 번 본 적은 있지만, 아는 사이는 아닙니다."라고 말한다. 이진형의 죽음에 대한 자신의 감정은 "사람이라면 누구나 갖는 감정"이라고 대답한다. 경찰은 문희의 답변을 무시하고 문희의 문제 제기로 족발 가게가 영업에 피해를 입었다는 사실에만 집중한다. 문희는 어떻게 모르는 사이인 이진형의 죽음을 알게 되었을까. 그건 이진형의 빈소가 할머니의 장례식장 옆방이었기 때문이다. 거기서 이진형의 영정 사진을 보았다. 11년 동안 할머니와 단둘이 살아온 문희는 할머니가 돌아가신 뒤부터 혼자 일하며 살아가야 하는 상황이었다. 고인이 된 이진형이 족발을 싣고 오토바이를 탔던 것처럼.

2021년 10월 개최된 '부산 청년 주간'에서는 '지금부터 더하기'라는 슬로건 아래 청소년과 청년이 자립 과정에서 겪는 문제를 해결하기 위해 지역 사회가 의견을 모으는 포럼이 열렸다. 발표자는 『아빠의 아빠가 됐다』(이매진 2019)의 저자 조기현 씨였다. 그는 스무 살에 아버지의 부양을 책임지게 됐다. 알코올성 치매로 쓰러진 아버지는 기현 씨가 아니면 어디도 의지할 곳이 없었다. 기현 씨는 공공 기관에는 아버지의 '부양 의무자', 병원에는 '보호자'로 등록됐다. 그는 부모 돌봄 문제를 맞닥뜨린 청소년이 당장 무엇을 해야 할지 모르는 상황에서 필요한 교육을 받거나 정보를 습득할 창구가 없다는 점을 지적한다. 어느 날 갑자기 돌봄이 시작되고, 병원에서부터 보호자 역할을 시작해야 한다. 가족 모델이 다양해지면서 『나는 무늬』의 문희처럼 2인 조손 가정도 늘어나는 추세다. 가정 경제가 파탄에 이르면 조부모와 아이를 남겨 두고 부모 세대가 집을 떠나는 것이다. 그러다 보니 어린 나이부터 조부모와 지내다가 연로한 조부모의 돌봄과 부양을 떠안아 이른바 '영 케어러'(young carer), 즉 가족 돌봄 아동이 되는 청소년이 늘고 있다. 우리보다 앞서 고령화 사회에 진입한 일본에서는 복지 사각지대에 놓인 부양 노동 청소년 문제를 가시화하려는 움직임이 있다고 한다.

『나는 무늬』의 문희는 "족발 가게 밖에 있는 솥에서 족발을 꺼내던 아이, 티셔츠 소매를 팔뚝까지 걷어 올린 손목에 채워져 있던 노란 실 팔찌"로 청소년 노동자였던 이진형을 기억한다. 만약 쓰러진 문희의 할머니가 세상을 떠난 것이 아니라 병상에서 긴 투병을 시작하게 되었다면, 문희를 도와주는 이모마저 없었다면 문희는 홀로 간병을 시작했을 것이다. 그랬다면 어떤 벽에 부딪히게 되었을까. 병원비는 어떻게 마련했을까. 간절하게 여기저기 돌며 단기 일자리를 구했을까. 그곳은 안전했을까. 청소년에게 일을 시키면서 노임은 제대로 지급했을까. 여기서부터는 문학만의 일이 아니다. 청소년 노동자와 그들의 노동에 대해 우리 공동체가 제도적 답변을 내놓을 차례다. 문희의 말처럼 '사람이라면 누구나 갖는 감정'을 되새기는 실질적인 대책이 필요하다.

성장은 끝나지 않는다

관심이 있으면 찾아보게 되어 있다. 포털 검색창에 '어린이'라는 낱말을 적어 넣는 사람은 어린이에 대해 어느 정도 관심이 있을 거라고 짐작한다. 2021년 1년 동안 사람들이 어린이에게 얼마나 관심을 갖고 있었는지 궁금했다. 대표적인 포털 사이트 한 곳의 분석 도구를 활용해 관련 검색어의 검색 분포를 살펴보았다. 결과 그래프를 보니 '어린이'라는 말은 1년에 단 하루, 어린이날에만 폭발적으로 검색되었다. 사람들이 어린이날에 '어린이'를 검색한 횟수가 100이라면 다른 날은 3 미만이다. 놀라운 점은 어린이를 비하하는 속어인 '잼민이'의 검색 횟수가 보편적 말인 '어린이'에 비해 평균 두 배에서 다섯 배까지 더 많았다는 것이다. 신조어임을 감안하면 상당히 많은 횟수다. 단 하루 주목받고 검색창에서 멀어지는 '어린이'와 달리 '잼민이'는 1년 내내 관심의 대상이었던 것도 특이했다.

어린이 관련 단어 중에서 시기에 상관없이 빈번하게 검색된 말은 '아동 학대'였다. SBS 시사 프로그램 「그것이 알고 싶다」(1992~)에서 아동 학대 치사 사건이 보도된 후 '정인아, 미안해' 해시태그 운동이 이어졌던 2021년 1월 3일에는 '아동 학대' 검색 횟수가 1년 중 최고점을 기록했다. 이후에도 잔혹한 사건은 그치지 않았고 '아동 학대'는 지속적으로 검색되었다. 코로나19로 방치된 아동, 위기 아동이 늘어났다는 신호일 수도 있겠다 싶었다. 그렇다면 '아동 인권'을 검색하는 사람도 늘어나지 않았을까 궁금해 찾아보았다. '아동 인권'은 미미하다는 표현이 어울릴 정도로 검색 횟수가 적었다. '스쿨 존' '노 키즈 존' 같은 말들이 이런 검색어 틈에 파편처럼 박혀 있을 것이다. 2021년은 김소영의 에세이 『어린이라는 세계』(사계절 2020)가 커다란 반응을 얻고 곳곳에서 '올해의 책'으로 선정된 해였다. 그러나 여전히 어린이에 대한 관심은 부족하다. 검색어로 짐작해 볼 때 우리 어린이 인권의 현실은 얼어붙은 한겨울이다.

한겨울에도 아이들이 자란다. 겨울의 아이들이 자란다. 어떻게 그 뿌리를 살리고 줄기를 키워 나가야 할까. 눈발 아래에서 누군가는 살아남기 위해서 버둥거리고 있겠지만 지표면은 고요하기만 하다. 자라는 대부분의 생명에게 겨울은 필연적으로 거쳐야 하는 계절이다. 어린이는 얼어붙은 추운 날일수록 친구의 손이 더 따뜻하다는 걸 배운다. 겨울은 봄을 향해 우리를 달리게 한다. 그 겨울이 끝나면 결국 꽃을 피우고 열매를 맺고 마침내 성장할 것이다. 겨울 없는 봄은 없었다는 것이 겨울을 견디게 하는 믿음이다.

겨울을 배경으로 하는 두 권의 그림책이 있다. 각각 다른 맥락에서 겨울에 이루어지는 성장을 보여 준다. 안녕달의 그림책 『눈아이』(창비 2021)는 한 어린이가 폭설 속에서 눈사람 아이와 맺은 우정 이야기다. '눈아이'는 온몸이 눈으로 되어 있기 때문에 손을 잡거나 품에 안으면 녹아 버린다. 하지만 눈아이는 친구의 온기를 두려워하지 않는다. 어린이와 눈아이는 손을 잡고 같이 숲을 헤쳐 나아간다. 둘은 뜨겁게 사랑하고 그중 한쪽은 점점 녹아내려 작아진다. 겨울이 가고 눈아이가 떠난 자리에는 푸른 잎이 자란다. 그사이에 눈아이를 사랑했던 어린이도 훌쩍 컸다. 사라진 눈아이는 어린이가 겨울을 견디게 해 준 연대자다. 용감하게 겨울을 살아 낸 어린이 자신의 또 다른 모습인지도 모른다.

백희나의 그림책 『연이와 버들 도령』(책읽는곰 2022; 개정판 스토리보울 2024)은 혹한 속에 상추를 구해 오라는 명령을 받고 눈밭을 헤매는 연이의 이야기다. 책을 읽는 독자가 함께 발이 시릴 정도로 그날의 한파가 그림 속에 고스란히 담겨 있다. 연이가 겪는 겨울의 고통이 생생히 느껴진다. 착한 연이는 맘씨 따뜻한 버들 도령을 만나 혹한의 고개를 넘는다. 얼음장같이 쌀쌀맞은 악인은 연이와 버들 도령의 우정을 시샘해서 버들 도령을 산산이 파괴해 버린다. 그러나 연이의 성장은 거기서 끝나지 않는다. 자신을 도와준 친구 버들 도령의 멈춘 숨을 다시 잇고, 피를 돌게 하고, 살을 되살린다. 굳게 자란 연이가 기나긴 겨울을 종결시키고 끝내 푸른 봄을 연다. 이 책을 덮을 때 독자는 놀라운 깨달음 하나를 얻게 된다. 연이와 버들 도령의 얼굴이 마치 쌍둥이처럼 닮았다는 것이다. 겨울 산길을 헤매던 연이를 도운 것은 연이 자신의 내면에서 솟아난 의지였을지도 모른다. 우리는 종종 스스로 자신을 수렁에서 구한다.

아이들은 저마다 작은 겨울의 어딘가를 통과하고 있다. 매서운 한파 속에서도 아이들은 태어나고 지금도 어느 집에서 가느다란 울음소리가 들린다. 아이가 쑥쑥 자라려면 봄의 햇살만큼이나 겨울의 친구들이 필요하다. 겨울의 아이들이 없는지 주위를 둘러보고 도울 일이 없는지 찾아야겠다. 어쩌면 우리가 그들의 눈아이가, 버들 도령, 연이가 되어 줄 수 있을 것이다. 선거철에는 정책의 연관 검색어로 얼마나 자주 어린이가 호명되는지도 검색하며 지켜볼 예정이다. 여러 번 호명하면 그들을 위한 공약과 실행 의지도 더 커질 것이다. 여기서도 어린이, 저기서도 어린이를 반갑게 부르고 어린이의 몫을 고민하는 가운데 주목받지 못한 어린이들의 휑한 고립의 겨울도 거짓말처럼 끝나기를 바란다. 그림책 『연이와 버들 도령』에서처럼 아이들을 살리고 기르는 숨살이꽃, 피살이꽃, 살살이꽃이 피고, 몰라보게 자란 봄나무가 우리 곁에 우뚝 서 있는 날이 오기를 빈다.

꿈나무가 아니라 지금 나무

2022년 5월 스코틀랜드의 지방 선거를 앞두고 중학생이던 로지 머레이(Rosie Murray)는 투표 참여 캠페인을 벌이느라 바빴다. 투표일 기준으로 열여섯 살 생일이 지나서 곧 유권자가 되기 때문이었다. 로지는 한 포럼에서 첨단 기술의 발전 속에서도 시각 장애인에게 여전히 점자가 필요한 이유를 발표해 주목받은 적이 있다. 컴퓨터가 자동으로 스크린을 읽어 주는 환경이 마련된다 해도 무언가를 직접 읽고 소통하는 경험은 그와 다르다는 것이 로지의 주장이었다. 점자를 만지면서 텍스트와 상호 작용하는 그 순간을 사랑한다는 로지는 두 살 때부터 점자로 책 읽기를 배운 시각 장애인이다. 로지는 선거가 장애인이자 청소년인 자신의 목소리를 정치 현장에 전달할 중요하고 평등한 기회라고 생각해 적극적으로 정책 제안 운동을 벌이기도 했다. 로지와 친구들의 정치 활동은 지역 언론에 대대적으로 보도되었다.

정책에 대한 논의가 실종된 지 오래라지만 그중에서도 유난히 찾기 어려운 것이 아동과 청소년에 대한 정치인들의 공약과 발언이다. 우리나라에서 청소년 정책을 주관하는 곳은 여성가족부이다. 그런데 여성가족부의 폐지가 정쟁의 가운데에 놓이는 것은 우려스럽다. 어떤 근거로 폐지하겠다는 것인지 따져 묻는 이도 없으며 그저 눈치만 보는 것 같다. 여성가족부 예산의 대부분은 아동 보호와 양육, 가족 관련 정책과 위기 청소년을 비롯한 청소년 지원 예산으로 배정되어 있다. 여성가족부 폐지로 당장 영향을 받는 당사자들은 대부분 투표권이 없는 만 열일곱 살 이하의 어린이와 청소년이다. 정치인들은 자신들의 인기도 상승에 유리하면 언급하고, 불리하다고 판단하면 언급하지 않으며 이 문제를 피해서 돌아간다. 어린이, 청소년, 여성은 스티커처럼 떼었다 붙였다 할 수 있는 존재가 아닌데도 말이다.

청소년은 비청소년 중심의 정치와 정책의 방향이 변화하기를 바란다. 청소년기후행동의 오연재는 『우리는 청소년-시민입니다』(박지연 외 4인 지음, 휴머니스트 2022)에 실린 인터뷰에서 이렇게 토로한다. 선거 유세를 비롯한 여러 집회 현장에서 청소년이 세상의 미래라는 말을 들을 때마다 어른들이 청소년을 현재를 살아가는 존재로 대하지 않는 것 같다고 느낀다는 것이다. 학교 내 성폭력을 뜻하는 '스쿨 미투'를 알리기 위해 스위스 제네바의 유엔아동권리위원회를 방문했던 백경하는 불평등한 학교를 바꾸고 싶어서 정치에 관심을 가지게 됐다. 그는 청소년이 정치를 언급하면 선거가 시험과 겹치면 어떡하냐는 잔소리부터, 똑똑한 청소년만 투표권을 주자는 얼토당토않은 말들이 너무도 쉽게 발화된다고 개탄한다. 비청소년이 정치를 말할 때에도 이렇게 몰아붙이는 경우가 있느냐고 반문한다.

어린이와 청소년 시민의 참정권은 이중의 차별 속에 놓여 있다. 아직 투표권이 없는 당사자가 겪는 현실의 문제들은 미래에 생각해 볼 일로 뭉뚱그려진다. 청소년들의 기회는 걸핏하면 유예된다. 여기에 청소년의 참여 영역과 범위는 쉽게 제한된다. 청소년은 교칙 개정 운동을 하듯이 노동법의 개정을 요구할 수 있다. '교칙은 청소년의 일, 노동법은 비청소년의 일'이 아니다. 전쟁이 일어나면 아동과 청소년이 가장 먼저 위협받는다. 그러므로 전쟁에 반대하고 평화 유지 정책을 지지하는 것도 그들의 당연한 권리다. 청소년은 교육에 관한 이야기만 하라는 것은 차별이다. 청소년은 스스로 의제를 설정하고 강력한 정치적 선언을 작성할 수 있다. 그러나 온실같이 꾸며진 발언대에 세워져 후보의 이미지를 높이는 일에 정치적으로 이용당하는 경우도 적지 않다. 청소년이 슬로건을 들고 정당 사무실을 찾아가거나, 국회의 발언대에 초대받아 정치인에게 요구 사항을 말하는 일이 자연스럽게 가능해야 한다. 그들의 정치 참여 범위는 더 넓어져야 한다. 청소년은 꿈나무가 아닌 지금 이곳의 나무다.

2022년 서울시 강동구가 발간한 '강동구민을 위한 친절한 노동법 안내서'의 '명일동' 편에는 미성년 근로자가 알아야 할 노동법과 계약 요령이 상세히 담겨 있다. 명일동은 강동구 내에서도 청소년 인구가 많다고 알려진 지역이다.

아스트리드 린드그렌(Astrid Lindgren)의 동화 『어스름 나라에서』(마리트 퇴른크비스트 그림, 창비 2022)의 주인공은 몸이 불편해서 걷지 못하게 된 어린이 예란이다. 이 동화에서 예란은 우연히 신비로운 백합 줄기 아저씨를 만나 하늘을 날며 스톡홀름 시내를 돌아다닌다. 그러다가 굴착 기계로 땅을 파는 건설 현장을 보게 되고 운전대를 잡을 기회를 얻는다. 예란은 백합 줄기 아저씨에게 몸이 약한 자신이 운전을 제대로 할 수 있을지 모르겠다고 말한다. 그러자 백합 줄기 아저씨는 미소 가득한 얼굴로 어스름 나라에서 그런 건 문제가 되지 않는다며 예란의 도전을 독려한다. 어스름 나라처럼 우리도 "그런 건 문제가 되지 않"는 사회를 향해 가길 원한다. 나이, 성별, 장애, 이주 배경, 가족 형태 등이 누군가에게 문제가 되지 않도록 법과 제도는 평등해지고 모든 이들의 정치 참여 자유도 확대되기를 바란다. 아픈 사람, 약한 사람의 목소리를 먼저 챙겨 듣는 정치를 원한다. 모두 이 소중한 나라 안에서 살아가는 사람들이다.

내 아이와 남의 아이

　이 세상의 많은 부모들은 '내 아이'와 '남의 아이'를 나누어 생각하는 경향이 있다. 내 아이와 남의 아이가 나란히 어려움을 겪게 되면 내 아이 걱정이 먼저 떠오른다. 내 아이는 눈에 넣어도 아프지 않으며 아무리 엇나가더라도 무한한 사랑을 줄 수밖에 없는 존재라고 생각한다. 혈연 가족 제도는 이 장벽을 강화한다. 이런 제도 아래서는 어딘가에 고립된 남의 아이가 있을 가능성을 외면하게 되기 쉽다. 그럼 혈연 가족 중심의 끈끈한 유착은 내 아이에게 꼭 좋은 일이기만 할까. 반드시 그렇지는 않다. 혈연을 강조하는 풍토 속에는 아이를 특정한 가족 관계, 가문에 종속된 소유물로 보는 전근대적 태도가 담겨 있어서 아이가 자율적 삶을 꾸리기 어렵게 만든다. 유무형의 정신적·물질적 상속과 증여는 독립의 날개를 퇴화시킬 수 있다. 그래서인지 환갑이 넘은 나이에도 부모와 분리되지 못하고 '누구의 아이'로 살아가는 아이 같은 어른들이 있다.

　오랜 옛날, 서양 사람들은 요정들이 종종 요람에 찾아와 그 안에 잠들어 있는 예쁜 갓난아기를 훔쳐 간다고 생각했다. 그러고 나서 빈 요람 안에 흉한 모습을 한 요정 아기를 놓고 간다는 것이다. 이렇게 뒤바뀌어 버린 아기를 일컬어 남자 아기는 샹즐랭, 여자 아기는 샹즐린이라고 불렀다. 프랑스 작가 마리 오드 뮈라이유(Marie-Aude Murail)의 동화 『요정의 아이 샹즐랭』(이방 포모 그림, 문학과지성사 2002)은 태어나자마자 샹즐랭으로 지목된 한 어린이의 이야기다. 동네 사람들은 그의 붉은 머리와 초록빛 눈동자를 보고 사람의 아이가 아닐 거라고 단정해 태어나자마자 그의 모든 것을 불길한 징조로 취급해 버렸다. 부모마저 샹즐랭일 거라며 요정의 아이로 몰아붙였다. 그렇게 믿는 것이 자신들을 지키는 길이라고 여겼다. 그런데 성주의 아내인 로자몽드 부인은 달랐다. 모두에게 외면당한 샹즐랭을 눈여겨보고 품 안에 거두어들였다. 샹즐랭은 부인의 돌봄을 받고 튼튼하게 자란다. 하지만 몸이 약했던 부인은 딸 아리안을 낳고 얼마 지나지 않아 세상을 떠난다. 부인은 죽기 전 어린 샹즐랭을 불러 아리안을 지켜 달라고 부탁한다.

샹즐랭은 자신을 사랑으로 돌봐 준 로자몽드 부인의 아이를 돌보기 위해 갖은 애를 쓴다. 그림자처럼 아리안을 보호하며 헌신한다. 덕분에 아리안은 훌륭하게 자라난다. 말을 타고 전속력으로 달리는 것을 좋아하는 씩씩하고 독립적인 여성이 된 아리안은 정략결혼을 하라는 성주의 명령을 거부하고 수도원에 들어가겠다고 우기기도 한다. 그러다가 복잡한 정치적 음모의 희생양이 될 뻔하지만 수호신처럼 자신을 보살피는 샹즐랭의 기지로 살아난다.

　이 동화를 읽으며 우리는 '내 아이'와 '남의 아이' 구분의 역설을 여러 차례 목격하게 된다. 샹즐랭은 외면 속에 버려진 자신을 '남의 아이'로 여기지 않고 성심껏 길러 준 로자몽드 부인에게 감사한다. 그러나 샹즐랭을 향한 사회적 차별은 여전하다. 샹즐랭은 자신처럼 차별받는 작은 사람들이 "눈을 절반 남짓 감은 사람들" 앞에서만 모습을 나타낸다고 고백한다. 여기서 눈을 절반 남짓 감았다는 말은 틀에 갇힌 고정 관념으로 세상을 보지 않고 자기만의 시야로 바라보려고 노력한다는 뜻이다.

　샹즐랭의 말을 빌리면 내 아이만 뚫어지게 보는 사람들은 눈을 떴더라도 눈을 질끈 감고 사는 것과 다름없다. 책에서는 샹즐랭이 진짜 요정의 아이였는지, 아니면 사람의 아이였는데 요정이 두고 간 아이라고 억울하게 오해받았는지 정확하게 밝혀지지 않는다. 분명한 것은 샹즐랭이 좋은 사람이었다는 것이다. 더불어 이 이야기에서 샹즐랭이 끝까지 간직하는 비밀이 하나 있다. 로자몽드 부인이 세상을 떠나며 돌봐 달라고 간곡하게 부탁했던 아리안이 사실은 요정의 여왕이 바꾸어 놓고 간 '남의 아이', 즉 샹즐린이었다는 사실이다. 이 작품은 내 아이든 남의 아이든 이 땅에 온 존재 자체를 귀하게 여기고 가능성을 발견해 잘 성장하도록 도와야 한다고 말한다.

동화작가 김진경은 2022년 비룡소문학상 심사평을 통해 한국의 어린이 서사 문학이 '정상 가족' 이데올로기에 갇혀 있는 것은 아닌지 성찰해 보자고 제안한다. 통계적으로도 아버지는 일을 해서 돈을 벌고 어머니는 가사를 담당하며 아이를 돌보는 전통적인 형태의 가족보다는 맞벌이 가정이 늘고 있다. 조손 가정이나 한부모 가정에서 자라는 어린이도 많다. 그런데도 아빠, 엄마, 누나나 오빠, 동생의 4인 핵가족을 '정상 가족'이라고 강변하면서 그 밖의 가족 형태를 차별하고 양육의 책임을 전적으로 개인에게 넘기는 현실은 부당하다. 따라서 아동문학이 가족 형태의 변화를 인정하면서 다양한 가족 구성을 반영하는 방향으로 나아가야 한다는 제언이다.

제도적 지원이 이루어지고 있음에도 불구하고 여전히 자립 준비 청소년들은 다섯 명 중 한 명꼴로 죽음을 고민한다. 내 아이 돌보기에 힘겨워서 그들의 고통을 몰랐다는 것이 이 눈물에 대한 변명이 될 수 있을까. 그들은 우리의 아이다. 우리에게는 다음 세대의 삶을 두루 살피는 로자몬드 부인들이 필요하다. 눈을 절반 남짓 감은 사람이 있다면, 우리는 그 청소년들을 거뜬히 살릴 수 있을지 모른다. 세상의 모든 아이는 내 아이도 남의 아이도 아닌 우리의 아이다.

두툼한 슬픔

스마트폰과 OTT의 시대에 텔레비전을 보는 일은 고전적으로 느껴진다. 그래도 나는 텔레비전에서 나오는 말에 대한 믿음을 간직하고 있는 편이다. 웃음도 슬픔도 텔레비전을 통해 처음 배웠기 때문일까. 재난이 발생하면 텔레비전을 먼저 켠다. 속보를 확인하고 여러 단계 책임자의 신중한 발표를 듣는다.

내 마음속 텔레비전은 얇고 평평한 물건이 아니다. 볼록한 유리가 상자 같은 몸체와 달라붙어 있는 두툼한 것이다. 지금은 거의 사라졌지만 음극선관(cathode-ray tube)을 의미하는 CRT 텔레비전은 20세기의 거실에서 늘 육중한 소리를 내고 있었다. 독일의 발명가 카를 페르디난트 브라운(Karl Ferdinand Braun)을 기리며 이를 '브라운관' 텔레비전이라고도 부른다. 미국에서는 텔레비전을 CRT의 T를 따서 '튜브'라고도 하는데 '유튜브'도 여기에서 아이디어를 얻은 것이다.

나는 어렸을 때 텔레비전에서 흘러나오던 어른들의 묵직한 말을 여전히 생생하게 기억한다. 기억 속 일 순위는 1980년 11월 30일 동양방송이 문을 닫던 날이다. 동양방송에서는 「6백만 달러의 사나이」(1973~78)라는 외화를 볼 수 있었는데 독재자 전두환의 계엄 선언과 언론 통폐합 명령 때문에 그날 마지막 방송을 했다. 내가 좋아해서 주제가를 외우고 따라 부르던 어린이 프로그램 「호돌이와 토순이」(1976~80)도 그날 이후로는 하지 않는다고 했다. 진행하던 윤유선 언니가 끝인사를 했다. 고별인사를 전하는 아나운서의 목소리는 떨렸고 눈시울은 붉었다. 이 계엄이, 언론 통폐합이 부당한 일이라고 항명하는 것 같았다. 가수 이은하 씨는 그날 스탠드 마이크를 잡고 온몸으로 흐느끼며 「아직도 그대는 내 사랑」을 불렀고, 공식 석상에서 울었다는 이유로 정부로부터 3개월간 방송 출연을 금지당했다. 계엄 치하에서는 두려움을 표하는 것조차 금지되었다.

　　방송을 통해 말이 전파된다는 것은 무엇일까. '공식적'이라는 것은 어떤 의미일까. 슬픔과 아픔을 함께 나눈다는 것은 무엇일까. 두께로 표현한다면 그 슬픔은 어디까지 얇을 수 있고 얼마나 두툼해야 하는 것일까. 이태원 참사 직후 나는 이 기준에 큰 혼란을 느껴야만 했다. 초박형 모니터처럼 얄팍한 말들이 끔찍한 비극의 현장에서 아무렇지도 않게 흘러나왔다. 누구보다 책임을 느껴야 할 어른들은 초경량급의 언어를 선보였다. 언어의 무게를 달아 책임이라도 지울까 봐 달아나는 도망자들처럼 보였다.

어린이는 슬픔과 아픔을 어떻게 말할까. 아이들은 제자리를 찾지 못하는 입술로, 들먹이는 어깨로, 걷어차는 두 다리로 말한다. 그들의 젖은 언어를 이해하며, 아파하는 몸의 두께를 옮겨 줄 번역가가 필요하다. 비통함을 평평한 말로 옮기기는 어렵다. 우리는 그것을 '말로 형언할 수 없는 슬픔'이라고 부른다. 그 슬픔은 두툼하고 두툼하다. 어른들은 그 슬픔을 누르고 눌러서 더 얇게 표현하려고 노력한다. 하지만 너무 얇아져 버리면 그것을 과연 슬픔이라고 할 수 있을까.

어린이가 두텁게 울듯이 어른도 두툼하게 울 수밖에 없는 때가 있다. 고전학자인 앤 카슨(Anne Carson)에게는 오빠가 있었고 그는 타지를 떠돌다가 세상을 떠났다. 앤 카슨은 오빠를 애도하며 『녹스』(봄날의책 2022)라는 책을 만들었다. 종이를 한 장 한 장 옆으로 붙여서, 더 이어지기를 바라는 생명처럼 길게 펼쳐지도록 만든 이 책의 왼쪽에는 고대 로마 시인 카툴루스의 서정시를 번역하는 과정이 실려 있고 오른쪽에는 단상과 기억을 적은 글, 유품의 사진 등이 실려 있다. '녹스'(nox)는 라틴어로 '밤'이라는 뜻이다. 우리는

64

『녹스』에서 앤 카슨을 휘감았던 하염없는 눈물의 밤을 읽는다. 독자는 함께 울먹이고 그의 손을 잡듯이 책을 붙들고 울음이 가라앉을 어느 새벽을 향해 함께 걷는다.

『녹스』를 실물로 봤을 때 책의 두께에 놀랐다. 앤 카슨의 애통함처럼 두툼하고 무겁다. 192쪽이지만 손으로 풀칠해서 제본했기 때문에 거듭 접힌 면이 합쳐져 예외적인 두께를 만든다. 표지에는 수영복을 입고 물안경을 쓴, 어린 오빠의 사진이 있다. 앤 카슨은 이렇게 첫 문장을 쓴다. "나는 나의 비가(非歌)를 온갖 빛으로 가득 채우고 싶었다. 그러나 죽음으로 우리는 인색해진다. 그것에는 더 이상 허비할 게 없다고, 우리는 생각한다, 그는 죽었어. 사랑도 이를 어찌할 수가 없다."

두껍게 슬퍼해야 한다. 두툼하게 말해야 한다. 어린이처럼 무겁게 애도해야 한다. 인색함이 우리의 마음을 점령해 버리지 않도록 공동체의 기억으로 남겨야 한다. 이것이 우리가 회복해야 하는 감각이다.

안 보여요?

2022년과 2023년을 반으로 접어 책을 만든다면 2022년 12월은 그 책의 중간 제본선쯤에 있을 것이다. 1922년에 어린이날 선언이 선포되었고 1923년에 전국적인 어린이날 행사가 열렸기에 2022년과 2023년에 걸쳐 어린이날 100주년을 기념했다. 역사적 의미를 생각한다면 축하 잔치가 넘쳐나야 했지만 현실은 다르다. 여전히 슬픈 소식들이 잇따랐다. 무고하게 세상을 떠난 어린이들의 명복을 빌며 어린이와 관련된 글을 찾아 읽어 본다.

"뒤에서 자리만 채우던/0이 용기 내어 앞으로 나왔어//잘 보이지 않던/.이 0 옆으로 다가서자//너도나도 힘내라고 달려 나왔어/0.5184161029…"는 아동문학 비평지 『어린이와 문학』 181호에 실린 강기화의 동시 「소수의 힘」의 한 대목이다. 어린이는 우리 사회의 '소수자'다. 2022년 3분기 출생률은 0.79명이며 서울은 0.59명으로 가장 낮다. 어린이의 몸은 작아서 눈에 잘 띄지 않는다. 2023년 5월에는 대낮에 만취 운전자가 초등학교 근처 비탈길에서 일으킨 뺑소니 사고가 있었다. 그 사고로 학교를 마치고 귀가하던 한 어린이가 세상을 떠났다. 사고 현장 인근 건물의 외벽에는 믿기지 않는 사고로 친구를 잃은 또래 어린이들이 '나쁜 범인'이라고 또

박또박 눌러쓴 포스트잇이 붙어 있었다. 사고 이전부터 위험한 통학로를 정비하자는 제안이 있었지만 차량 통행의 효율성을 이유로 무산되고 말았다. 그 제안이 실행되었더라면 아이를 살릴 수 있었을지도 모른다. 이런 뒤늦은 후회들이 뼈아프게 가슴을 친다. 경찰은 통곡이 쏟아지고 탄원서가 쌓인 뒤에야 가해 차량의 운전자에게 뺑소니 혐의를 추가했고 구청은 마치 이럴 줄 몰랐다는 듯이 비로소 도로를 재정비하겠다고 나섰다.

앞서 읽었던 동시 「소수의 힘」의 마지막 연을 보면 1도 안 되는 작은 숫자들이지만 힘을 모아서 마침내 커다란 하나를 이루는 얘기가 나온다. 시의 한 구절인 "0.5184161029"는 '5.18' '4.16' '10.29'라는, 눈에 익은 슬픔의 날짜들로 이루어진 소수다. 약해 보이는 소수가 큰 힘을 만들어 내듯 어린이는 서로 힘을 모아 자신들의 작은 몸을 지킨다. 해인이법, 하준이법, 태호와 유찬이법, 민식이법, 나영이법, 한음이법은 모두 어린이의 희생으로 만들어져 다음에 올 어린이를 지키는 법의 이름들이다.

한편 여기저기에서 어린이를 부르는 또 다른 목소리들을 듣는다. 상업적 이익으로 변조된 음성들이다. 특별하게 설계된 아동 관련 상품을 통해 어린이는 돈을 내야만 세상에서 대접받는 존재가 된다. 하지만 어린이의 권리는 구매와 무관하게 주어져야 한다. 자본주의 사회에서 돈으로 안 되는 일이 없다고 하나 어린이의 안전만큼은 돈의 세계 바깥에 독립적 영역으로 보장되어야 한다.

아동문학평론가이자 동시인인 김유진은 계간 『창비어린이』 79호에 쓴 평론 「마이너의 마이너로서 쓴다는 일」에서 "어른이 말하는 '어린이 독자'라는 기표 뒤에는 교육이, 계몽이, 판매 부수가, 돈이, 인기가, 힐링이, 대리 만족이, 또 그 밖의 많은 기의가 감추어져 있을 수 있다."라고 말한다. 어린이를 앞세우기만 하면 "진정성을 부여받고 모든 문제가 해결"되지 않도록 경계하고 의심해야 한다는 것이다. 툭 하면 어린이를 내쫓는 사회에 살고 있어서인지 어디서 어린이를 불러 주기만 해도 호의에 감사하게 된다. 그러나 잘못 부르는 건 안 부르는 것만 못하다. 어린이들은 자신을 돈벌이 삼아 부르는지 진심으로 부르는지 다 안다. 류재향의 동화 『우리에게 펭귄이란』(위즈덤하우스 2022)에서 주인공인 아홉 살 수민이는 슬렁슬렁 진실을 감추려는 어른들에게 본심이 뭐냐고 묻는다. "적당히 꾸며 내면요, 우리가 다 믿을 것 같아요?" '어린이'는 판촉 스티커나 보정용 필터가 아니며 순진무구한 영혼도 아니다. 그들은 그들 자신이어서 귀한 것이다.

줄어들고, 사라지더니, 작은 점이 되고, 마침내 1도 안 되는 어린이가 우리 사회를 향해 무언가를 외친다. 음소거를 하지 말고 귀를 열어 보자. 어린이가 외치는 그 말은 무엇일까? 박규빈의 그림책 『왜 안 보여요?』(길벗어린이 2022)에서는 아이들이 태어나기 전에 모두 신비한 안경을 선물받는다. 어린이는 그 신비한 안경을 쓴 채 하루를 살아간다. 미끄럼틀을 타고 마트에 가면서도 신기한 세계를 그려 보고 더 나은 세상을 포기하지 않는다. 아이들의 눈에 비친 작은 모래 산은 에베레스트처럼 높다. 하지만 미끄러지더라도 모험을 멈추지 않는 건 언젠가 반드시 오르겠다는 결심 덕분이다. 연체된 고지서를 착착 접으면 커다란 비행기가 될 거라고 굳게 믿기에 용감한 도전을 계속한다. 신비의 안경을 통해서는 나를 도와줄 고마운 친구, 내가 손잡아 줘야 하는 위기의 친구가 잘 보인다. 신비의 안경을 쓴 어린이는 함부로 어느 역을 무정차 통과할 수도 없다. 고통이 고스란히 들여다보이기 때문이다.

창밖의 놀이터를 본다. 어린이가 보이지 않는 오후다. "왜 안 보여요?"라는 질문이 "다들 잘 있어요."라는 커다란 대답이 될 수 있도록 눈을 크게 뜨고 어린이들 자리를 살핀다. 진심을 구별할 줄 아는 그들에게 진심을 들키는 어른이 되고 싶다.

5,300년 만의 조문객

이탈리아 볼차노에는 사우스 티롤 고고학 박물관이 있다. 이 도시에 들렀다가 박물관을 찾았더니 어린 학생을 비롯한 가족 단위 관람객들이 길게 줄을 서 있었다. 그들은 모두는 '외치'라는 단 한 사람을 보기 위해 여기 왔다. 박물관 전체가 외치 씨에 대한 기록이기 때문이다.

1991년 한 독일인 부부는 지금의 박물관이 있는 곳 부근에서 산을 등반하다가 외치 씨의 시신을 발견했다. 처음에는 산악인 희생자의 시신이라고 짐작했다. 그러나 조사 결과 그는 피라미드보다도 나이가 많은, 5,300년 전 청동기 시대의 사람임이 밝혀졌다. 얼음 덕분에 피부의 탄력은 물론 피부에 새겨진 문신, 옷과 도끼, 장신구까지 고스란히 보존되어 있었고 현대의 법의학은 그 자료를 바탕으로 외치 씨가 누군가에게 살해되었다는 사연도 규명했다. 그 긴 세월 얼마나 외로웠을까.

박물관 안은 조용했다. 외치 씨는 나를 비롯해 관람객들이 조문한 가장 나이 많은 고인인 셈이다. 전시물은 수천 년 전의 끔찍한 범죄를 상세히 알려 주면서 어린이도 이해하기 쉽도록 다양한 시각 자료를 배치해 두고 있었다. 전시를 따라가니 자연스럽게 외치 씨를 위해 기도하는 마음이 되었다.

2층 전시실에 올라가자 그의 미라가 기다리고 있었다. 그가 안치된 냉장실에는 작은 유리문이 있어 관람객들은 손이 닿을 정도로 가까운 거리에서 그의 시신을 볼 수 있다. 내 바로 앞 차례는 세 자매를 동반하고 온 독일인 엄마였다. 엄마는 아이들에게 외치 씨가 수천 년 전에 겪은 죽음을 차분히 말해 주었다. 가장 어린 막내가 관람대에 섰는데 키가 작아서 시신을 볼 수 없었다. 나는 곁에서 저 아이의 관람을 도와주어야 하나 망설였다. 많이 어려 보이는데, 아무리 오래된 몸이라고 하지만 시신의 실물을 보여 줘도 될까도 잠시 생각했다. 그때 세 자매 중 큰언니가 어떤 버튼을 눌렀다. 그러자 관람대가 움직이며 아이가 서 있는 발판이 올라가기 시작했다. 다섯 살 어린이도, 휠체어에 탄 사람도 외치 씨를 잘 볼 수 있도록 설계된 특수 발판이었던 것이다. 다섯 살의 관람객은 그렇게 외치 씨의 죽음과 만났고 우리들처럼 소리 내어 짧은 추모의 말을 남긴 뒤 관람대에서 내려왔다.

억울한 슬픔에는 내일이 필요하다. 내일은 떠난 이가 밝히지 못한 진실을 해명해 주기도 하고 그의 훼손된 명예를 되찾아 주기도 한다. 모든 조문은 너무 늦은 행위이다. 그렇지만 떠난 사람에게 마음을 전하는 절차는 누구에게나 온전히 보장되어야 한다. 물론 이별의 고통을 목격하고 애도의 감각을 배우는 것은 어른에게도 각오가 필요할 만큼 어렵다. 그럼에도 조문은 남은 이들이 삶을 위한 다짐을 나누는 자리이기에 귀중하다. 어린이라고 해서 예외는 아니다. 배려가 필요할 수 있겠지만 어린이를 경험에서 배제할 필요는 없다. 어린이들은 뜻밖의 이별을 경험하며 앞으로 찾아올 기쁨을 더 잘 이해하는 사람으로 자란다.

애도에 꼭 필요한 것이 더 있다. 시간과 방향이다. 우리가 느끼는 감각 중 가장 더디게 찾아오는 것이 슬픔이어서 애도는 서두를 수가 없다. 겪어 낼 시간을 주지 않았을 때 슬픔은 존재를 무참히 부수기도 하고 한 사람을 아예 감각할 수 없는 사람으로 변이시켜 버린다. 슬픔이 어두운 위력을 갖는 것은 이런 이유 때문이다. 우리는 자주 보았다. 슬픔으로 부서져 버리거나 슬픔을 느끼지 못하게 되어 버린 사람들을. 우리의 어린이들이 그 어느 쪽도 되지 않기를 바란다. 조문에는 방향도 있어야 한다. 무엇을 왜 슬퍼하는지, 누구의 죽음을 슬퍼하는지 선명하게 알아야만 슬픔이 되풀이되는 것을 막는다.

고고학자들은 30년 넘게 외치 씨 죽음의 진실을 파헤쳤다. 다섯 살 어린이는 그 앞에서 묵념했다. 2023년 서이초등학교의 발령 2년 차 초임 교사가 세상을 떠났을 때 그를 기리는 조문 시간을 오후 네 시까지로 제한한다는 공고를 보았다. 그의 제자이기도 한 자신의 자녀에게 조화를 보여 주고 싶지 않다는 학부모의 글을 보았다. 슬픔을 모르게 키우고 싶은가. 그건 사람을 기르는 방식이 아니다. 애통한 마음으로 삼가 고인의 명복을 빈다.

푸르름을 잃은 아이들

"시간이 있으시면 잠깐만 제 이야기를 들어 주실 수 있을까요?" 2019년 스웨덴 예테보리에서 친숙한 얼굴을 만났다. 그곳에서 열린 도서전을 취재하러 온 현지 기자 L은 인터뷰를 마치고 가방에서 두툼한 봉투를 꺼냈다. 그 안에는 어림잡아 수십 년은 된 것 같은 손때 묻은 서류가 들어 있었다. L은 자신을 한국에서 온 입양인이라고 소개했다. 한글을 읽지 못하는 그는 자신과 함께 이국으로 온 이 서류 안에 어떤 말들이 적혀 있는지 알고 싶어서 한국의 그림책 작가들을 만나는 자리에 봉투를 들고 나온 것이다.

서류철을 열자마자 눈에 들어온 것은 흔들리는 글씨로 쓴 아기의 이름이었다. 이점순. 나는 이런 글씨들을 자주 보았다. 부추 한 단, 배추 한 포기 등을 적어 두는 할머니들의 글씨체다. 이 세 글자는 한국을 떠날 때까지 L이 이점순으로 불렸다는 것을 보여 주고 있었다. 이어지는 문서에 타자기로 기록된 바에 따르면 그는 1981년 당시 돌이 되지 않은 갓난아기였을 때 전라남도 광주시의 어느 병원에 '이점순' 세 글자와 출생에 얽힌 짧은 사연이 적힌 쪽지와 함께 맡겨졌다고 한다. 고개를 갸웃할 수밖에 없었다. 1980년대에 태어난 아기에게 '이점순'이라는 이름을 붙이는 일은 흔하지 않다. 어떤 할머니가 아기를 맡기면서 아기 이름 대신 자신의 이름을 적었을 가능성을 떠올렸다. 쪽지를 품에 넣어 주고 아기를 내려놓는 할머니의 모습을 상상하자 먹먹했다. 그사이에 L은 읽는 법을 단단히 기억하겠다는 듯 '이, 점, 순'을 반복해 소리냈다.

출생지는 '충금동'이라고 적혀 있었다. 검색해 보니 광주시 충장로와 금남로를 합해 부르는 옛 지명이었다. 그러니까 이점순-L이 태어난 시점은 1980년 5월이고 장소는 광주다. 아득한 기분을 느끼면서 서류에 쓰인 글을 이어 읽었다. 서류에는 이 아기의 엄마가 갑작스러운 정신적 어려움을 겪어서 양육이 불가능한 상태이며 아버지는 신원 불명이라고 적혀 있었다. 1980년 5월 광주에서 태어난 한 아기가 어떤 일을 겪었는지 정확하게 알 수는 없으나 그는 그렇게 북유럽까지 왔다. 이점순-L은 충금동은 어떤 동네냐고, 아기를 못 키울 정도로 먹고살기가 몹시 어려운 곳이냐고 물었다. 당신이 태어났던 무렵 광주에 참혹한 사건이 일어나고 있었다고 했더니 그는 어두운 표정으로 고개를 끄덕였다. 광주라는 도시의 아픔을 안다고, 한강의 소설 『소년이 온다』(창비 2014) 영문판을 읽었다고 대답했다.

그러나 나는 곧 이점순-L에게 대한민국이 어린 당신을 타국으로 보낸 이유에 대해서 어떤 말로도 납득시킬 수 없다는 사실을 깨닫게 되었다. 한참 동안 침묵하던 그는 왜 아무도 나를 함께 길러 줄 수 없었느냐고 되물어 왔다. 어린 이점순-L은 스웨덴에서 텔레비전으로 서울 올림픽을 보면서 저렇게 화려한 축제를 여는 나라가 한 명의 아기를 키울 수 없어서 자신을 여기까지 보내 버린 것을 이해할 수 없었다. 그는 우리에게 양육의 공동체는 없었느냐고 물었다. 양육의 공동체는커녕 양육 포기를 부추긴 것이 그때의 국가다. 비극 속에서는 어린이가 가장 먼저 희생된다. 보건복지부 통계에 따르면 1980년대 한국의 해외 입양은 최고조에 달했다. 정부가 출생 아동의 1퍼센트가 넘는, 연간 8,000명 이상의 아동을 다른 나라로 보내면서 내세운 명분은 '이민 활성화와 민간 외교'였다. 걸음도 떼기 전인 아기들이 '민간 외교'라는 명목으로 외화를 챙기는 수단이 되었다. 당시 한국의 입양 기관은 아이를 입양하는 외국인 부모로부터 아동 한 명당 5,000달러를 받았는데 8,837명이 국외 입양된 1985년에만 약 4,420만 달러를 벌어들인 것으로 추산된다.

그로부터 수십 년이 흐른 오늘날 우리 사회가 여러 이

유로 관심이 필요한 아이들을 제대로 보호하고 있는 것도 아니다. 2023년 아동 학대 신고 건수는 45,771건에 달하며 매년 증가하는 추세다. 같은 해 학대로 사망한 아이들은 44명이다. 죽음의 실체를 밝히는 일만큼이나 중요한 것은 사각지대의 어린이를 구조하는 것이다. 어린이의 불행만큼 공동체의 미래를 절망에 빠뜨리는 것은 없다.

우리나라에도 잘 알려진 '칼데콧상'은 그해 미국에서 출간된 그림책 중 가장 뛰어난 작품에 수여하는 상으로, 19세기 후반의 영국 그림책 작가 랜돌프 칼데콧(Randolph Caldecott)을 기리기 위해 제정되었다. 칼데콧이 1879년에 펴낸 그림책 『숲속의 두 아이』(*The Babes In the Wood*)는 1560년 영국의 노퍽주 그리스톤홀에서 토머스 디 그레이라는 어린이를 둘러싸고 일어났던 실화를 다루었다고 전해진다. 일곱 살 토머스와 여동생은 부모를 잃고 삼촌에게 입양되지만 남매는 몇 년 후 원인을 알 수 없는 질병에 걸리고 숲에 버려져 목숨을 잃는다. 숲으로 가는 길에 두 아이는 자신들이 버려지는 줄도 모르고 곧 자신을 버릴 사람들과 웃고 재잘거린다. 토머스의 삼촌이 남매를 죽인 것은 아이들이 물려받은 유산을 독차지하기 위해서였다. 당시 남매가 죽은 숲인 웨일런드 우드(Wayland Wood)는 그 후로 '슬프게 우는 숲'(wailing wood)이라고 불린다. 사건 이후 그리스톤홀 사람들은 숲속의 두 아이를 나무판에 새겨 걸어 두고 교훈으로 삼았다고 한다. 칼데콧은 이웃집 아이를 지키지 못한 어른들의 과오를 잊지 않고 다시는 이런 일이 없게 하려는 마음으로 이야기를 책에 기록했다.

어떻게 하면 어린이를 불행하지 않게 할 수 있을까. 어린이는 인간이며, 인간은 자신을 도구로 쓰고 버리는 사회에서 결코 행복할 수 없다. 2020년 디지털 성 착취 범죄자들은 'N번방' '박사방'과 같은 '유아방'을 개설하여 수익을 올렸고 채팅 앱 사용자들은 여자 어린이의 몸과 인격을 사고팔았다. 정부의 출생 정책은 아이 한 명당 지원하는 현금 액수나 아파트 청약 가산점 따위를 기계적으로 환산하여 선심 쓰듯 포상으로 내건다. 다자녀 남성과 다자녀 여성이 위장 결혼을 해서 가점을 올리고 아파트 청약에 당첨되었다가 적발된 사건은 어린이가 어떻게 환금성 도구가 되었는지 보여 주는 사례다. 미디어 속 어린이는 어른에게 즐거움을 주는 모습으로 전시될 때만 '좋아요'를 통해서 반짝 사랑을 받는다. 사람들은 가까운 어린이는 귀찮아하고 멀리 있는 어린이의 이미지만 좋아한다. 어른들의 욕망을 채우는 방향으로 가공된 어린이 이미지가 불티나게 팔린다. 어린이는 미디어 속의 도구화된 이미지를 롤모델로 생각하면서 자라난다. 양육의 공동체는 없고 '슬프게 우는 숲'은 도처에 있다.

어떻게 하면 어린이를 행복하게 할 수 있을까. 작가 마해송은 1956년 잡지 『여원』 5월호 '한국 아동들은 행복한가'라는 특집에 「아동들은 무엇을 요구하는가」라는 글을 실었다. 이 글에서 어린이들은 마음껏 놀 곳을 달라고 말한다. "우리들은 당초에 어디서 놀라는 말이에요. 방에서 놀면 어지른다고 나가 놀라고 야단이고 마루에서 놀면 뒤숭숭하다고 야단이고 마당에서 놀면 나가 놀라 하고 밖에 나가서 놀면 이누무 새끼 죽여 버린다고 동넷집 어른들이 야단이고 큰길에 나가 놀면 아버지에게 붙들려 와서 어머니가 야단 만나지 않아요. 지붕 위에 올라가면 기왓장 깨진다고 벼락이고 땅광에 들어가 놀면 무어 습기가 어떠니 야단이고. 어떻게 좀 마음 놓고 놀아도 좋은 자리를 가르쳐 주세요."라고 따져 묻는다. 현장 학습 한번 못 갔던 비대면 시대의 어린이들도 무엇이 가장 간절하냐고 물으면 아마도 뛰어놀 곳이라 말할 것이다. 놀 만한 곳은 닫혀 있거나 금지된 채로 그들의 소중한 성장기가 흘렀다.

위의 특집란에는 "원체 어린이들을 대수롭지 않게 생각하는 인습에 젖어 있기도 하지만 우리나라 어린이들처럼 행복을 구경 못 하는 데가 또 있을까."라는 대목도 있다. 대한민국의 경제력은 그때보다 높아져서 G7 수준을 넘보고 있지만 우리 어린이의 행복 지수는 OECD 국가 가운데 최하위다. 더 늦기 전에 이 귀한 어린이들이 잘 자랄 수 있게 하려면 사회 안전망과 양육의 공동체를 구축해야 한다. 단 한 사람도 남의 집 아기가 아니다. 다 우리 아기들이다. '슬프게 우는 숲'이 아니라 '환하게 웃는 숲'을 만들어 가야 한다.

2부

읽는 미래가 있는 미래다

이름 없는 이름들의 힘

니콜라우스 하이델바흐(Nikolaus Heidelbach)가 그림을 그린 『안데르센 메르헨』(한스 크리스티안 안데르센 글, 문학과지성사 2012)의 첫 장을 펼치면 이런 문장이 나온다. "모든 사물에는 이름이 있습니다. 우리는 그들을 뭉뚱그려 무시할 게 아니라 저마다 그 이름으로 불러 주어야 합니다. 그리고 그런 일은 바로 동화를 통해서 할 수 있는 거지요."

힘든 일이 있을 때면 자리에 앉아 동화책을 읽는다. 불안 속에 일상을 지탱해야 하는 시기에는 동화 읽기가 상당히 위안이 된다. 한꺼번에 잠적해 버린 것 같은 이 세계의 활력이 어딘가에는 남아서 춤추고 있을 것 같은 기분이 든다. 동화책에는 고양이와 노루와 공주의 분투가 나온다. 가혹하지만 부딪쳐 볼 만한 시련이 있고 우연의 부드러운 도움이 있고 필연적인 보상이 뒤따른다. 절망은 침착한 노력으로 채워지고 책 속의 친구들은 끝내 바닥에서 벗어난다.

무엇보다 거기에는 이름들이 있다. '라일락 아주머니' '주석으로 만든 병정' '하늘을 나는 일을 두려워하지 않는 말똥구리'는 실명은 아니지만 저마다 당당한 이름이다. 우리는 이들 하나하나를 주인공으로 호명할 수 있다. 현실 세상도 이처럼 조용한 이들의 도전과 모험으로 움직이고 있다. 그러나 어려운 상황이 종료되고 나면 작은 이름은 스르르 잊히는 경우가 많다. 동화는 이들을 기억하며 험난한 과정을 낱낱이 기록하는 문학이다. 안데르센 동화에 나오는 굴뚝 청소부는 오랫동안 어린이들의 사랑을 듬뿍 받은 캐릭터다. 그는 책 속에서 "정말 나랑 같이 난로를 기어올라 갈 용기가 있어?"라고 묻는다. 너와 내가 손을 잡고 무쇠 난로와 연통을 지나면 굴뚝으로 나갈 수 있고, 지붕 위에 올라서면 우리가 가야 할 방향을 알 수 있을 거라고 독려한다. 안데르센이 우리에게 소개해 준 또 다른 이름, 나이팅게일은 행복한 사람만큼이나 슬퍼하는 사람들에 대해서도 노래하는 새다. 그는 "가난한 어부에게, 농부 집 지붕에, 폐하의 정원에서 멀리 떨어져 있는 모든 사람들에게 날아갈 거예요."라고 말한다. 세상 사람들이 황제의 정원에 가까이 갈 궁리만 하고 있을 때 우리는 나이팅게일이 우리에게 날아올 거라는 믿음으로 하루를 산다.

코로나19가 세상을 뒤흔들고 세계보건기구는 대유행을 선언했다. 국가별 감염자의 수가 주식 시세처럼 그래프로 발표됐다. 어떤 이는 이름 대신 확진자 번호로 불리고 사람들은 생면부지의 그가 어디에 갔고 무엇을 먹었는지 구체적

동선이 적힌 긴급 재난 문자를 읽으며 아침을 시작했다. "타지역 거주 확진자 발생" "해당 지역 방역 완료" "관내 경유 확인" "마스크 구매 수량 제한" 같은 경고 문구가 연달아 날아왔다. 그 문구 너머에서 가쁜 호흡을 이어갔을, 동화라면 꼭 붙들었을 여러 이름이 있다. 바이러스의 습격 앞에서도 발음이 부정확하다는 민원을 걱정해야 했던 콜센터의 노동자들은 환자와 병원을 연결하며 생명의 통로를 잇고 있었다. "문 앞에 택배 놓고 갑니다."라고 메시지를 남기며 나갈 수 없던 이들의 두 다리가 되어 주었던 택배 기사, 메신저 앱의 프로필난에 학교 가고 싶다는 문장을 쓰며 베개에 머리를 푹 파묻고 있었을 어린이를 생각한다. 도심과 동떨어진 요양 시설에서 긴 시간 외롭게 견뎌 온 할머니와 할아버지 들은 달력의 동그라미가 잘못되었나 벽을 보고 또 보았겠지. 봉사자의 도시락을 기다리며 중증 장애인들은 그 시간을 어떻게 보냈을까. 유학을 떠나려고 어려운 시험을 준비하다 책을 덮고 한 사람의 손이 귀한 병원으로 되돌아갔던 간호사, 그의 이름을 읽는다. 인적이 뚝 끊긴 거리에서 가게 문을 열고 소포로 보낼 몇 권의 책을 포장했던 책방 직원의 마음을 헤아려 본다. 휘몰아치는 긴장 속에서 목숨 걸고 환자를 살려야 했던 의료 기관의 공기는 상상으로도 가늠이 잘 되지 않는다. 그곳에 이름들이 있다.

안데르센의 단편동화 「라일락 아주머니」에서 할아버지는 독한 감기에 걸린 증손자를 위해 주전자에 찻물을 끓이면서 옛이야기를 들려준다. 이야기는 "그리고, 그리고, 그래요."라는 낱말들과 함께 나지막하게 이어지다가 끝난다. 단순하고 일견 심심한 이야기다. 하지만 우리는 이런 동화 덕분에 부러진 나뭇가지에 물을 주면 초록색 눈이 나고 다시 자라난다는 것을 깨닫는다. 그리고, 그래서, 그럴 것을 의심하지 않으며, 이름 없는 이름들의 힘으로 찾아올 라일락의 봄을, 건강한 계절을 기다린다.

사라져 가는 '작은 거점들'

가끔 들르는 골목 안 책방이 있다. 퇴근을 서두르다가도 '오늘은 책방에 갈까?' 생각하면 느긋해진다. 눈빛을 주고받으며 움직여야 부딪치지 않을 만큼 좁은 공간이지만 그곳의 서가를 보면 사람들이 요즘 무엇을 말하고 싶어 하는지 알 수 있다. 책방의 유리문 앞에는 메모지와 포스터가 빼곡하다. 새 책 소식만 있는 건 아니다. 놓칠 뻔했던 소규모 공연과 전시, 책 읽기 모임, 반딧불 같은 약속의 말을 읽는다. 긴급한 사회적 의제에 대한 호소와 공동체의 발언이 담긴 포스터가 붙은 날도 있다. 다들 뭐 하고 지내나 했더니 이렇게 사는구나 싶어서 맥박이 건강하게 빨라진다. 나보다 앞서 책방에 들렀던 품위 있는 길고양이가 무심하게 자리를 비켜 준다. 동네 책방에 가는 일은 이렇게 유익하다.

그날도 퇴근하며 책방에 들렀다. 한 어린이가 돌진하듯 달려와 문을 연다. 먼저 들어가시라고 했더니 고개를 꾸벅하고 곧장 서가에서 책 한 권을 뽑아 든다. 이현의 장편동화 『플레이 볼』(한겨레아이들 2016; 개정판 비룡소 2024)이다. 야구를 좋아하냐고 물어보니 씩 웃고는 대답 없이 구석에 앉아 책에 빠져들었다. "초등학교 2학년인데 단골 고객이에요. 항상 책방에 오면 안부를 묻는 것처럼 저 책을 찾아 몇 장 읽

어요. 그러고 나서 다른 새 책들을 둘러보기 시작해요." 책
방 주인이 소곤소곤 말해 주었다.

어린 날의 나에게도 그런 책이 있다. 거듭 읽어서 대사
까지 외워 버렸던 책이다. 집에 이미 책이 있지만 주인공이
잘 있나 궁금해서 책방에 갈 때마다 꺼내 몇 줄은 읽어 주어
야 마음이 놓였다. 밀턴 레서(Milton Lesser)의 SF 소설『소
년 우주 파일럿』(계림출판사 1975)이었는데 1952년에 나온 원제
목은 'Earthbound'이며 그의 필명은 스티븐 말로(Stephen
Marlowe)였다는 걸, 어른이 되고서야 알았다. 잡지『학생과
학』의 애독자였던 내게 혹시 우주를 좋아하냐며 그 책을 권
해 주었던 시장 앞 책방 사장님은 어떤 연령대의 손님과도
능숙하게 대화하는 희끗한 단발의 아주머니였다. 그 시절
책방 유리문에는 인기 스타의 대형 사진이 붙어 있곤 했는
데 상기된 표정으로 책방 문을 밀고 들어와 잡지와 별책 부
록의 입고 날짜를 묻던 언니들이 생각난다.『플레이 볼』은
그 어린이에게 내 어린 시절의『소년 우주 파일럿』같은 책
이었을 테다. 어린이는 퇴근한 양육자와 함께 몇 권의 동화
책을 고르더니 설레는 표정으로 계산했다. 그는 오늘 밤 두
근대는 마음으로 새 이야기를 만날 것이다.

책방사춘기, 고요서사, 책방이층, 대륙서점, 북스피리언스, 커피는책이랑, 달팽이책방, 완벽한날들, 책방오늘, 책방무사, 사슴책방, 그림책산책, 책방같이가치, 그림책방곰곰, 동아서점, 동양서점, 불광문고, 만춘서점, 진부책방, 비플랫폼, 위트앤시니컬, 그레타책방, 타샤의책방, 오나의책방, 밤의서점, 그 밖에 수많은 책방의 간판을 생각한다. 동네 책방이란 어떤 곳인가. 이곳에서만 가능한 일들이 있다. 어린이 고객은 머리 위에 답안지를 쏟아붓는 책, 얄팍한 눈치를 가르치는 책이 아니라 안부가 궁금한 '나'만의 책을 만날 것이다. 지난번에 가져간 책은 괜찮으셨냐고, 정중하게 의견을 묻는 책방 주인에게 "뭐, 그냥!"이라며 무뚝뚝하게 소감을 말하는 것도 동네 책방의 어린이 손님이 누릴 수 있는 기쁨이다. 온종일 사무실의 고성과 씨름했던 누군가는 책방에 들르는 잠깐 동안 비로소 호흡을 가라앉힐 것이다. 책 속에서 내일의 자신과 함께 출근할 문장을 고르며 침묵의 자유를 즐길 것이다.

책이 사라진다는 말은 텔레비전이 등장할 때부터 나왔던 이야기다. 긴박한 절멸의 경고등이 뜬 상품만으로 가게를 낸 사람들의 결연함은 얼마나 고귀한가. 짙은 잉크 냄새를 풍기며 새로운 책이 도착하면 최초의 독자이기도 한 책방의 사람들의 눈이 빛난다. 동네 책방은 대부분 비좁기 때문에 진열의 정성도 남다르다. 새 책이 나오면 책방을 지키는 사람들이 미리 읽고서 손 글씨로 책 소개 글을 써 붙여 두기도 한다. 체인 대형 서점에는 전략적으로 쓰인 마케팅 문구가 홍수를 이루지만 동네 책방에는 전략을 모르는 정직한 비평의 언어들이 놓여 있다.

동네 책방은 책을 쓰고 그리고 만드는 사람과 읽는 사람이 상대의 감도를 직접 확인하는 교점이기도 하다. 얼마 전까지 타인이었던 사람들도 책에 기대면 친구가 되고 이웃으로 연을 맺는다. 한 권의 책을, 같은 작가를 좋아한다는 이유로 수줍게 웃는다. 두세 번쯤 마주치면 무형 문화재를 만난 것처럼 서로 반긴다. 누가 시키지 않았는데도 독서 모임을 꾸리고 취향과 가치의 연대를 결성한다. 거리 두기가 상식이 된 코로나19의 시대에 이러한 작은 공간들의 공공성은 환대의 보루를 만들었다. 거대 조직과 토대가 휘청거릴수록 소규모 거점의 공공성이 소중하다. 예로부터 깊은 밤 안심 귀가를 책임져 왔던 것은 꾸벅꾸벅 졸면서도 가장 늦게 셔터를 내리는 골목길 1인 점포, 구멍가게의 주인들이었다.

2020년 5월 10일은 13년 동안 서울 망원동을 지킨 한강
문고가 문을 닫은 날이었다. 그 밖에도 유서 깊은 작은 책방
들이 사라진다는 소식이 곳곳에서 들려왔다. 다음은 어디가
될지 모른다. 등대가 되어 어린이를, 말수가 적고 상상이 많
은 사람들을 지켜 주었던 곳들이 위기 속에 더 이상 버티지
못하고 등불을 끈다. 지킬 방법은 없을까. 더 늦기 전에 무엇
을 할 수 있을까. 거점은 사라지기 쉽지만 다시 살리기란 대
단히 어렵다는 것을 기억해야 한다.

누구는 규칙을 어겨도 되는 세계

'동화 같다'는 말은 여러 오해를 품고 있다. 사람들은 동화에서 꿈과 희망이 가득하고 정의가 승리하는 세계를 떠올린다. 티끌 하나 소홀히 여기지 않는 평등한 세상을 상상하기도 한다. "아동문학을 하는 분인데 술을 너무 잘 드시네요."라는 말을 들어 본 적도 있다. 그들이 생각하는 어린이는 방긋방긋 잘 웃어야 하고 해맑은 존재다. '해맑다'라는 말은 어른이 실현해 내지 못하는 간절한 이상향을 함축한 것이다. 어린이가 어른 앞에서 "나는 불행하다."라고 말하는 것은 공공연한 금기다. 어른들은 자신이 어린이를 불행하게 만든 사람이 되는 걸 아주 싫어하기 때문이다. 이중적인 태도. 어린이의 웃음 속에서 구원과 행복을 구하면서 그들의 눈물과 비명은 외면한다.

어린이는 종종 어른만큼 또는 어른보다 가혹한 처벌의 대상이 되기도 한다. 2020년 6월, 파키스탄에서 여덟 살 어린이 조라가 고용주에게 고문을 당해 세상을 떠났다. 모이 주는 일을 맡았던 앵무새가 새장에서 탈출했다는 것이 죄목이었다. 조라는 터무니없이 낮은 임금에 자신보다 더 어린 고용주의 아기를 돌보던 아동 노동자였다.

다시 동화 이야기로 돌아가면, '칼데콧상'과 함께 미

국 아동문학에서 가장 권위 있는 상은 '뉴베리상'(Newberry Medal)이다. 이 상은 18세기 영국의 성공한 동화책 출판업 자였던 존 뉴베리(John Newberry)의 이름을 따서 지었다. 그는 '제임스 박사의 해열제'라는 약품의 특허를 소유하고 있었으며 그 약을 팔기 위해서 자신이 출판하는 동화책에 '제임스 박사의 해열제'를 먹지 않으면 인물이 죽는 내용을 꾸준히 포함시켰다. 또한 뉴베리의 출판사에서는 책을 구입 하고 돈을 조금만 더 내면 독자 사은품으로 공과 바늘을 하 나씩 주었다. 나쁜 일을 하면 공의 검은 쪽, 착한 일을 하면 빨간 쪽에 바늘을 꽂게 되어 있다. '착한 어린이'가 되도록 이끄는 일종의 관리 장치다.

어른의 명령에 복종하지 않는 어린이는 몇 번의 재판을 거쳐 죗값을 판정받는 어른들보다 훨씬 쉽게 '악의 오명'을 쓰곤 했다. 이것은 지금도 크게 다르지 않다. 어른들은 눈앞 에 있는 어린이의 모습이 자기 상상 속에서 추상화된 사랑 스러운 어린이와 일치하지 않으면 힘으로 어린이를 짓밟아 버린다. 가정의 법정에 고립된 어린이에게 변호사는 너무 멀리 있다. 파키스탄에서 조라가 사망한 달 한국에서는 한 어린이가 여행 가방에 갇힌 채 세상을 떠났다. 사람들은 그 어린이를 죽인 사람이 계모라는 사실에 분노했다. 그러나 어린이의 죽음 뒤에 생부나 생모가 있는 경우도 적지 않다. 이는 성인의 무자비한 폭력으로 억울하게 희생당한 것으로 보는 것이 옳다. 어린이의 비명에 함께 귀를 기울였다면 막을 수 있었을 죽음이다.

또다시 동화 이야기로 돌아가면, 뉴베리 가문은 약도 잘 팔고 동화책도 잘 팔았지만 꾸준히 좋은 작가를 발굴해 열심히 책을 펴냈다. 덕분에 절박한 어린이들이 책 속에서라도 자신의 변호인을 모실 수 있었다. 고마운 사람들이다. 1922년에 시작된 뉴베리상의 역사를 보면 어린이의 상처를 보살피고 지위와 권리를 지키는 이야기가 많다. 2020년 수상작은 제리 크래프트(Jerry Craft)의 그래픽노블 『뉴 키드』(보물창고 2020)였다. 이 책의 주인공 조던 뱅크스는 사립 학교에서 몇 안 되는 유색 인종 학생으로, 유색 인종을 향한 암묵적이고도 미세한 차별을 일상적으로 마주한다. 선생님과 같은 반 친구들은 수업 중에 경제적 지원이라는 말이 나올 때마다 반사적으로 조던을 쳐다본다. 아프리카계 미국인 학생은 빈민가에 살며 불우한 가정에서 자랐고 아빠는 없을 거라고 단정하는 분위기가 조던을 둘러싸고 있다. 그에게

학교는 적대적 공간이다. 겉으로는 우아하지만 본인은 규칙을 지켜야 하고 다른 애들은 어겨도 되는 식의 감춰진 모순이 가득하다. 조던은 이 부당함과 맞서 싸운다. 이 책은 미국의 유색 인종 어린이들이 겪는 고립감을 정확히 반영하면서 일상의 차별과 싸우는 어린이에게 자신만의 변호사를 만난 것 같은 든든함을 준다. 좋은 책은 이처럼 동화 같은 응원을 해낸다.

마지막으로 동화 이야기로 돌아가면, 영원히 피터팬을 동경하며 성장하기를 거부하는 어린이는 없다. 동화 속 피터팬의 존재가 역설적으로 보여 주는 건 오히려 자라지 않는 어린이에 대한 상상이 얼마나 비현실적인가 하는 것이다. 어린이를 비롯한 모든 약자는 세계와 투쟁하며 성장하고 독립한다. 어린이는 그 과정에서 고분고분하지 않으며, 점점 더 강한 사람으로 자란다. 그 필연적 성장을 두려워하는 건 약자를 영원한 도구로 여겨 온 사람들일 것이다.

옆집의 어린이

코로나19로 얼룩진 2020년의 연말, 문득 한 세기의 끝에 다다른 듯한 느낌이 들었다. 그래서 1999년의 연말은 어땠는지 떠올려 보았다. 21세기에 대한 두려움 속에서도 여러 가지 예견의 말이 둥둥 떠다녔던 것 같다. 그때에 비하면 2020년의 연말은 고요한 목격자의 마음으로 맞았다고 해도 될 것이다. 모호하게 짐작되던 것이 현실로 눈앞에 와 있었다.

20세기 말에 출간된 계간 『시와 동화』 10호를 찾아 읽었다. 2007년 돌아가신 동화작가 권정생 선생님이 동화를 쓰려는 사람들에게 1999년 10월 27일에 쓴 편지가 들어 있었다. 평범해 보이는 첫 문장이 지금 돌아보니 의미심장하다. "올여름은 참 더웠지요."로 시작해, "살아갈수록 왜 모르는 것이 더 많아지는지 속이 상합니다."라는 구절에 이른다. 이 구절에 한참 머물렀다. 혼란한 시기를 보내는 우리의 마음을 대신 말해 주는 것 같았다. 창작의 고뇌를 담은 조심스러운 편지 끝에서 권정생 선생님은 "목숨에 대한 애정을 가지고 쓰면 다른 어떤 기교나 재주는 별문제가 없다고 봅니다."라고 조언하면서, "아동문학은 이렇게 목숨에 대한 애정을 찾아 써 놓은 사랑의 문학인 것입니다."라고 글을 맺는다.

선생님이 떠나신 지 십수 년이 지나는 동안 "목숨에 대한 애정"을 놓친 채 지내 온 것만 같았다.

여기서 100년쯤 훌쩍 더 거슬러 올라가 보기로 했다. 평생 212편의 동화를 남긴 19세기 사람의 이야기 『안데르센 평전』(재키 울슐라거 지음, 미래인 2006)을 꺼냈다. 그는 거의 10년마다 새로운 자서전을 썼는데 첫 번째 자서전을 쓴 것은 스물일곱 살 때이다. 왜 그토록 일찍 삶을 뒤돌아봐야 했을까. 덴마크 변방에서 수도인 코펜하겐으로 이주한 가난한 젊은이였던 안데르센은 몇 권의 책을 펴내며 성공한 작가가 된다. 그러나 낭만주의 시대 유럽의 군주들을 만나고 그들의 화려한 겉모습과 타자를 업신여기는 태도 사이의 어마어마한 간극에 치를 떤다. 그 속에서 그는 자신의 본래 얼굴을 잊어버리지 않기 위해 거울을 보듯 무언가를 계속 적어 두어야 했을 것이다. 안데르센은 모멸감 속에서도 자신의 인생이 작품에 대한 최상의 주석이 될 것이라고 굳게 다짐한다. 숨을 거두던 날 안데르센은 첫사랑 상대가 준 편지를 가죽 주머니에 담아 목에 걸고 있었다고 한다. 권정생 작가가 죽는 날까지 어린이와 생명에 대한 결의를 지키며 살았다면 안데르센은 자기 자신에 대한 자부심과 사랑에 대한 충성을 끝까지 간직하고자 애썼다. 그는 코펜하겐의 뉘하운 18번지로 돌아와 말년을 보냈다. 이곳은 40년 전 그가 첫 번째 동화를 썼던 뉘하운 20번지 집의 바로 옆의 옆 골목에 있다. 처음의 제자리로 돌아온 것이다. 제자리로 돌아가는 일은 코로나19를 겪으며 우리가 가장 간곡히 바랐던 일이기도 하다.

200년을 훌쩍 거슬러 다녀온 이유는 아동문학을 하는 사람으로서 2020년의 말을 찾아보고 싶었기 때문이었다. 나에게 2020년의 말은 '옆집의 어린이'다. 누구에게나 옆집이 있고 아마도 드문드문 어린이가 살고 있을 것이다. 그 어린이는 살아 있다. 옆집의 어린이는 격리 없이 멀리 갈 수 있어야 하고, 멀리까지 살아가야 한다. 우리는 어린이에게 보내는 안부를 잊지 말아야 한다. 'N번방'의 수많은 피해자 가운데 옆집의 어린이가 있다는 현실을 뼈아프게 자각해야 하고, 돌봄 공백 속에 집에 갇힌 옆집 어린이의 근황을, 내가 버리는 쓰레기 더미를 껴안고 살아가게 될 그들과 그들의 미래를 상상해야 한다. 어린이들은 자신들의 아픔에 귀 기울이고 고발하고 구조에 나서고 행동하는 옆집의 어른들을 기다린다. 그리고 믿는다.

성동혁 시인은 2020년 『창비어린이』 겨울호에 실린 동시 「퇴원」에서 묻는다. "많은 것이 떠났어 창밖 가을도 며칠 전에 떠났어/사람들이 코트를 입고 들어와/나도 길고 무거운 코트를 입는 어른이 될 수 있을까". 이 동시의 화자는 난치병으로 장기 입원 중인 어린이다. 시인 본인도 소아 난치병 환자로 병동에서 긴 시간을 보냈으며 아직도 투병 중이다. 힘겹게 어른이 된 그는 어린이 병동에서 만난 옆 침대의 어린이를 위해 동시를 쓴다. 이 시를 읽으면서 옆집의 어린이가 언젠가 길고 무거운 코트를 입을 수 있도록 힘을 더해주고 싶다고 생각했다. 언젠가 그들에게 어른의 코트를 선물하고 싶다. 그러려면 옆집의 어른들이 달라져야 한다. "목숨에 대한 애정"을 되찾아야 한다.

어른을 위한 동화와 어른의 동화 읽기

어려운 시절이면 많은 사람들이 어린 시절 이야기를 찾는다. 핀란드의 작가 토베 얀손(Tove Jansson)은 2차 세계 대전 중 인간성에 대한 환멸에 시달리며 동화 '무민' 시리즈를 쓰기 시작했다. 전쟁 중에 잠깐이라도 괴로움에서 벗어나고 싶었기 때문이다. 권정생의 동화 『몽실 언니』(창비 1984; 개정판 2012)도 고통 속에서 탄생한 작품이다. 잔인한 군부 독재에 짓눌리던 1981년, 울진의 작은 교회에서 펴낸 청년 회지에 처음 이 동화가 실렸다. KBS의 인기 프로그램이었던 「TV동화 행복한 세상」(2001~12)은 2001년 4월에 첫 방송을 시작했는데, 이때는 온 국민이 실의를 겪은 IMF 외환 위기 직후다. 같은 해 MBC는 경제 위기 속에서 우리 마음에 빛을 비출 '기적의도서관'을 세우기 위해 「책책책 책을 읽읍시다」(2001~07)라는 예능 프로그램을 만들었다. 이 프로그램에서 선정한 '느낌표 도서' 1호는 김중미의 동화 『괭이부리말 아이들』(창비 2000)이었다. 밀리언셀러가 된 황선미의 동화 『마당을 나온 암탉』(사계절 2000)이 출간된 것도 비슷한 시기다. 당시 갑자기 직장을 잃고 가족이 흩어지는 아픔을 겪은 수많은 어른 독자들이 이 동화책들을 읽으며 위로를 받았다. 어른들은 왜 자신을 일으키고 싶을 때마다 동화의 힘을 빌리는 걸까.

　　동화 속 인물들은 '새로 고침'의 폭이 넓다. 작은 사람이 크게 자란다는 것은 그 자체로 멋진 일이며 성장하는 인물이 생성하는 서사는 역동성이 남다르다. 아동문학을 읽는 시간은 어른에게도 자신의 과거를 재정립하는 경험을 안겨 준다. 아동문학의 비판 정신은 약자와 연대하기 때문에 동화를 읽으면 내 편을 얻은 것처럼 듬직하다. 또한 동화의 세계는 예측 가능하다. 해가 뜨고 해가 지고, 폭우가 쏟아지고 날이 개고 땅이 마른다. 이러한 특성에서 기인하는 안정감은 아슬아슬한 위기에서 잘 내려올 수 있을 거라는 연착륙의 가능성과 함께 우리들 마음의 활주로를 연다. 오늘 엉엉 울었지만 내일 또 만나서 놀 수 있을 거라고 약속한다. 불안으로 잠 못 드는 어린이를 안심시키기 위해 쓰인 다정한 문장들은 지친 어른도 다독여 준다. "내가 자라면 세상은 달라질 거야."라는 말은 어른에게도 힘을 준다.

　　그래서인지 어른들이 동화를 자주 찾는다는 소식을 접하면 한편으로 세상이 막막한 건 아닐까 돌아보게 된다. 성인의 우울 지수가 높아졌다는 신호는 아닐까 살펴보는 것이다. 아동문학이 현실의 절망을 대체할 무해함으로 자주 호출되는 것은 아닐지 염려가 되기도 한다. 실제로 우리는 종종 복잡하게 얽힌 책임에서 자유로워지고 싶을 때 초기화 버튼을 누르는 양 동화책을 집어 든다. 따뜻하고 안온한 동화 속 그림과 문장을 꿀꺽 복용하며 안정을 회복한다. 그 순간 잠시 내가 이 시대의 여러 문제에 책임은 없는, 온전한 피해자라고 느껴진다. 현실의 불안과 동떨어진, 사회적 책임 이전의 존재, '어린 시절의 나'로 돌아간다.

2021년 『시사IN』 709호에 실린 김진경 작가의 글 「'옐로 피버', 아시아 여성 향한 왜곡된 선호」를 읽었다. 서구에서 아시아 여성에 대한 호감도가 높은 현상의 이면에 '아시아'와 '여성'을 자신들이 마음대로 지배해도 괜찮은 대상으로 생각하는 이중적 편견이 담겨 있다는 것이다. 어린이를 대하는 우리의 태도 안에도 이와 닮은 이중성이 있다. 우리는 더욱 약한 것을 이용해서 자신의 취약함을 보상받으려 한다. 어떤 존재가 무난한 호감과 함께 회자된다는 것은 그 존재의 개별적 권리가 정확히 반영되지 않고 있으며 포괄적 옹호의 감정 안에 주체의 목소리가 뭉뚱그려지고 있다는 의미이기도 하다.

어린 시절은 요란해야 맞다. 싸움이 끊이지 않으며 우

당탕탕 시끄럽고 걸핏하면 한바탕 뒤집어지는 것이 그 시절의 특성이다. 마찬가지로 좋은 아동문학은 안온하지만은 않다. 좋은 아동문학은 어린이에게 싸움의 필요성을 알려 준다. 세계는 걷어차고 반격할 수 있는 것임을 보여 주는 것을 목표로 삼는다. '아이처럼' 지난 시간으로 되돌아가 나를 돌아보는 것은 자유이지만, 어른이라면 '어른답게' 어린이에게 걷어차일 것을 두려워하지 말아야 한다. 자신의 삶으로부터도 대차게 걷어차일 대비를 해야 한다. 책임을 피하지 않는 어른이 된다는 것은 그런 의미다.

물론 최근의 어린이 담론과 어린이에 대한 관심은 과거의 어린이 향수와 다른 측면이 있다. 어린이를 하나의 세계로서 정중하게, 독립적으로 바라보려는 시선이 두드러진다. 어린이 곁에서 생활하지 않는 비양육자 어른들이 어린이 존재에 적극적으로 관심을 갖는 것도 눈에 띈다. '어른을 위한 동화'라는 접근의 한계를 이해하면서 동화를 읽는 어른이 늘고 있는 것도 반갑다. 이들에게 '어린이가 더 행복할 방법을 구체적으로 연구하는 연구소'의 회원이 되기를 청한다. 그 연구의 가장 큰 수혜자는 어른이 될 것이다.

마중 나오는 어른들

동요 「바둑이 방울」은 학교에서 돌아온 어린이가 자신을 마중 나온 강아지를 만나 느낀 반가움을 담은 노래다. 1980년대에 발표되었지만 아직도 애창되는 이 노래의 1절에 비해 2절은 덜 알려져 있는 편이다. 2절의 가사를 보면 집에 돌아오는 주체는 어린이가 아니라 강아지다. 대문을 삐걱 열어 주면은 먼저 달음질쳐 들어오는 건 강아지이고, 그때 울리는 바둑이 방울은 "내가 왔다"는 강아지의 신호다. 외출하고 당당히 돌아오는 강아지의 모습이라니 상상만 해도 기분이 밝아진다. 어린이는 이 노래를 부르면서 강아지를 위해 무거운 대문을 열어 마중하는 행위가 학교에서 돌아오면서 강아지의 마중을 받는 일만큼이나 행복하다는 걸 느낄 것이다.

노래의 1절에서 아이가 강아지로부터 환대받는 경험과 2절의 아이가 강아지를 환대하는 경험은 연결되어 있다. 반갑다고 꼬리를 흔들며 마중 나온 강아지가 준 기쁨이 2절의 환대를 자청하게 만든다. 이 노래가 매력적인 또 다른 이유는 아이가 반갑게 맞이하는 2절의 강아지가 자신처럼 조그만 몸집을 가졌다는 것이다. 만약에 큼직하고 나이 든 개를 맞이하러 나간다거나 퇴근하는 아버지를 마중 나가서 배꼽

인사를 올리는 것이 2절의 전개였다면 이 동요가 40년 넘게 어린이의 사랑을 받기는 힘들었을 것이다.

「바둑이 방울」을 작사·작곡한 김규환의 다른 창작 동요 중에 「그림」이라는 노래가 있다. 오래전 동요 대회에서 종종 불리곤 했던 애잔한 음률의 명곡이다. 이 곡은 동생이 야단맞는 장면을 목격한 언니가 동생의 상처를 헤아려 보는 내용이다. 동생은 집에서 신나게 그림을 그리고 있었는데 그 장면을 본 어른에게 물감을 가지고 장난한다고 호되게 혼난다. 어머니의 눈에는 그림에 몰두한 어린이의 마음은 안 보이고 잔뜩 어지럽혀진 집 안의 풍경만 보였기 때문이다. 하지만 같은 또래인 언니에게는 동생의 마음이 보인다. 그림 그리기에 열중하며 반짝반짝 빛나던 동생의 두 눈이 자꾸 떠오른다. 가단조의 쓸쓸한 멜로디에는 어린이의 서투름을 이해하지 못하는 세계에 대한 어린이의 항변이 담겨 있다. 다행스러운 것은 노래의 마지막 소절에 상냥한 어른이 나온다는 것이다. 이튿날 학교에 가 보니 게시판에 동생이 전날 그린 그림이 걸려 있다. 동생의 담임 선생님은 이 그림을 듬뿍 칭찬하고, 그런 선생님을 보면서 언니는 마음을 놓는다. 한 사람의 어른이라도 우리 마음을 알아준다는 안도감이었을 것이다.

이 노랫말처럼 어린이는 누군가로부터 이해받은 경험을 통해 타인을 이해하는 방법을 배운다. 동화는 수많은 몰이해를 뚫고 만들어 내는, 약자를 마중 나오는 세계에 대한 활자화된 증거들의 모음이다. "책에서 만난 사람들이 어땠는지 알아? 나를 반겨 주었어. 나를 응원했다니까!"라고 느끼는 경험은 자라는 어린이를 조금 더 마음 놓고 자라나게 한다. 자신도 어서 자라 누군가를 응원할 수 있는 사람이 되고 싶게 만든다. 어린이들의 용기 있는 말을 지키고 존재의 성장을 응원하며 대신 공격받기 위해서 어른인 동화 작가가 있다. 하지만 책과 노래 바깥에서 만난 실제 어른들이 다짜고짜 화를 내고 야단만 친다면 책과 노래도 별다른 도리가 없다. 문학과 예술의 힘은 딱 거기까지다.

어린이들이 보기에 어른들은 시선을 높은 곳에만 두고 사는 사람들이다. 뭘 잘 모르거나 서투른 것이 있어서는 안 되며, 시험 점수는 백 점이 기준값이다. 어른들에게 돌발 상황은 이해 불가능하고 짜증스러운 일이다. 이러한 태도는 권력자의 속성이기도 하다. 사극을 보면 가마에 올라탄 양반이 가장 많이 하는 말이 "길을 비켜라!"이다. 양반의 시야는 늘 시원하게 트여 있어야 한다. 그에게는 시야에 들어오지 않는 존재가 동일한 공간에서 살아간다는 것 자체가 거추장스럽게 여겨진다. '민식이법'으로 알려진, 어린이의 보행권을 보호하기 위한 법적 노력은 가마 위에 권력자로부터 떨어지는 불벼락으로부터 학교를 오가는 어린이의 생명을 보장하기 위한 최소한의 사회적 합의다. 키가 작은 어린이였을 때, 차가 쌩쌩 다니는 큰길을 건너는 일이 얼마나 두려운 일이었는지는 누구나 기억해 낼 수 있을 것이다. 어린이는 오늘 큰 용기를 내어 외출했고 길을 건너는 중이다. 그들의 방울 소리에 귀 기울이면서 부디 학교 앞에서는 속도를 줄여 움직이기 바란다. 그 작은 어린이를 마중 나오고, 조심하고, 먼저 주의할 수 있는 것도 당신에게 어른이라는 힘과 권력이 있어서 가능한 일이다. 나에게 주어지는 권력은 갖고 싶고 그에 따르는 책임은 지지 않겠다면, 희생자는 결국 약한 어린이들이 될 것이다.

같은 마음으로 달려온 사람들

　이탈리아 볼로냐 국제아동도서전은 세계의 일러스트레이터와 작가, 어린이책 출판 관계자가 모이는 대축제다. 2년에 한 번씩 도서전 현장에는 한스 크리스티안 안데르센상(이하 '안데르센상')의 수상자를 발표하는 자리가 마련된다. 세계 아동문학과 그림책의 역사를 알고 싶으면 이 상의 수상자 명단을 살펴보면 된다고 말할 정도로 최고의 권위를 인정받는 상이다. 이 상의 2022년 수상자는 우리나라의 이수지 작가였다. 현장의 관객은 물론 우리나라에서 온라인 생방송을 지켜보던 사람들은 수상자가 발표되는 순간 너도나도 탄성을 질렀다.

　2022년을 기준으로 이수지 작가는 이 상을 받을 자격에 가장 가까이 있는 사람이었다. 그는 데뷔 이후 지금까지 쉬지 않고 경이로운 작품들을 발표해 오며 그림책을 통해 만날 수 있는 세계의 범위를 넓혀 놓은 작가다. 우리는 이수지 작가 덕분에 그림책이라는 작은 사각형의 무대 안쪽에 잠들어 있던 환상을 평면 위에서도 입체적으로 체험할 수 있게 됐다. 그의 글 없는 그림책에서 들려오는 독백과 대화에 귀 기울이면서 어린이라는 존재를 더 잘 이해하게 됐다. 다가오는 토끼들의 발소리를 눈으로 상상하고 비발디의 음악을 이미지로 들을 줄 아는 사람이 되었다. 그의 그림책 안에서 눈은 손이 되고 귀는 눈이 된다. 불가능하다고 믿었던 경험을 아름다움 속에서 자연스럽게 해낼 수 있도록 도와주는 것이 예술가의 능력이라면 이수지는 그림책 독자들이 사랑하는 초능력자다.

수상작이 발표되던 빛나는 순간을 정점으로 두고, 우리 그림책 역사의 시곗바늘을 뒤로 되돌려 본다. 1990년 12월 25일, 이화여대 후문 건너편 주택가에 우리나라 최초의 그림책 전문 서점이자 어린이만을 위한 책방인 '초방책방'이 문을 연다. 이곳에 그림책 작가를 꿈꾸는 사람들이 모여들고 한국 그림책의 미래가 자라나기 시작했다. 지금은 고인이 된 신경숙 초방책방 대표가 주도하여 우리나라는 1995년 7월 1일 안데르센상을 결정하는 국제아동청소년도서협의회(IBBY)의 65번째 회원국으로 가입했고 신경숙 대표는 한국 지부인 KBBY의 초대 사무국장이 되었다. IBBY와 각국 지부의 임무는 세계 모든 지역의 어린이들이 높은 문학성과 예술성을 갖춘 도서를 가까이할 기회를 주는 것이다.

1980년대 후반까지만 해도 우리 창작 그림책은 손에 꼽을 정도였다. 그런 사정은 1990년대 들어 서서히 달라졌다. 1990년대 후반이 되자 한국의 독자와 출판인 들이 그림책 곁으로 부지런히 모여들었다. '그림책'이라는 새로운 예술을 발견하고 상기된 사람들 속에 대학에서 회화를 전공한 이수지도 있었다. 그는 아티스트 북(Artist Book)이라는 세계의 실체를 찾아 영국으로 유학을 떠난다. 그리고 몇 년 뒤 대학원 졸업 작품으로 제작한 그림책 『이상한 나라의 앨리스』(비룡소 2015)의 가제본을 들고 아는 사람도 없는 볼로냐 도서전에 불쑥 찾아간다. 이 가제본의 탁월한 독창성을 알아본 이탈리아의 코라이니 출판사가 무명의 신인에게 출간을 제안한다. 작가 이수지의 출발이다.

돌아보건대 이수지 작가는 자신의 전작보다 놀랍지 않은 신작을 내놓은 적이 없다. 한 번의 실험을 완성하면 다음 실험을 이어 가는 가파른 도전의 길을 달려왔다. 『여름이 온다』(비룡소 2021)에서 그는 비발디의 바이올린 협주곡 '사계' 중 「여름」을 148쪽의 그림책으로 재탄생시켰다. 이 책으로 독자들은 그림책을 즐기는 방식을 하나 더 알게 됐다. 음악과 그림은 독자라는 교점에서 만나 상상을 통해 이야기를 만들어 낸다. 그가 미국과 이탈리아를 비롯한 여러 나라에서 활약하며 글 없는 그림책의 역사를 바꾼 20년 동안 우리

나라도 창작 그림책을 사랑하는 독자가 몰라보게 늘었고 그림책 편집자, 디자이너, 사서를 비롯한 여러 분야의 전문가도 더불어 성장했다. 그림책이라는 생소한 낱말이 익숙해지기까지 한마음으로 움직였다.

이제 우리 어린이들은 크고 작은 도서관과 책방에서, 학교 교실에서 친구들과 다양한 창작 그림책을 읽는다. 젊은 예술인들은 그림책 작가를 꿈꾼다. 이수지 작가의 수상 소식 뒤에는 기쁨으로 잠을 못 이룬 그 모두가 있다. 수상이 결정된 이튿날 도착한 문재인 대통령의 축전에는 "그림책은 아동과 성인 모두에게 희망을 주는 공감의 언어입니다. (…) 앞으로도 전 세계 어린이와 어른들에게 계속해서 큰 즐거움을 선사해 주기 바랍니다."라고 적혀 있다. 글과 그림이 서로 도와서 이야기와 의미를 만들어 가듯이 같은 마음으로 한뜻을 이루기 위해 서로를 돕는 것이 그림책의 정신이며 어린이의 정신이기도 하다. 다시 한 번 이수지 작가의 안데르센상 수상을 진심으로 축하한다. 우리가 세계의 그림책을 읽듯, 세계가 우리의 그림책을 읽는다. 우리의 마음에 공감한다. 바라던 세계에 한발 더 다가섰다.

책이라는 정직한 거울

지금부터 하는 이야기는 동화에 나오는 어느 공주의 사연이다. 나타샤 패런트(Natasha Farrant)의 동화 『여덟 공주와 마법 거울』(리디아 코리 그림, 사계절 2022)에 나오는 공주 시얼샤는 모든 것으로부터 숨고 싶었다. 어떤 사람들은 그를 "요상한 작은 것"이라고 불렀다. 세상은 보란 듯이 교묘한 방식으로 공격적이었다. 남들과 조금 다를 뿐인데 아무도 그것을 이해하려 하지 않았다. 너를 이해해 주는 곳에 가서 살라는 말을 시얼샤는 받아들일 수 없었다. 시얼샤가 살고 싶은 곳은 다른 어디도 아닌 이곳이기 때문이다. 그는 토끼가 빠르게 달리고 매가 바쁘게 날아가듯이 자기 자신에게 가는 길을 찾기로 한다. 더 많은 다른 사람들의 이야기를 읽고, 몰랐던 이야기를 찾아 듣고, 새 이야기를 쓰겠다고 결심한다. 그날부터 시얼샤는 세상이 자기를 이해할 수 있도록, 이야기를 통해 세상을 바꾸는 작가가 된다.

이번에는 실존 인물의 얘기를 해 보겠다. 크리스티안 로빈슨(Christian Robinson)은 1986년 미국 캘리포니아에서 태어났다. 생후 5개월 아기였던 그는 어느 비 오는 날 새벽에 형과 함께 외할머니 집에 맡겨졌다. 어린 형제의 아버지는 문 앞에 아이 둘을 두고 어딘가로 떠나 버렸고, 어머니는 당시 약물 중독으로 교도소에 수감 중이었다. 침실이 딱 하나 있는 그 집에서 크리스티안과 그의 형, 사촌 두 명과 이모와 할머니까지 여섯 사람이 살았다. 크리스티안은 자신이 머물 구석을 찾아야 했다. 그림이 그의 방이 되어 주었다. 하얀 종이에 색연필로 그림을 그리면서 하루를 보냈다. 딸을 교도소에 보낸 할머니는 손자인 크리스티안을 따뜻하게 안아 키웠지만 어린 그는 사랑하는 엄마가 지금 어디선가 벌을 받고 있다는 사실을 좀처럼 견디기 어려웠다. 엄마를 생각하면 자꾸 불안하고 신경질적인 기분이 되었다. 그는 그림을 그리다가 그 속에서 길을 잃을 때 차라리 안도감이 들었다고 회상한다.

크리스티안은 그때의 복잡한 마음을 잔뜩 흔들어 곧 터질 것 같은 상태의 사이다 같았다고 기억한다. 누군가를 사랑하면 떨어져 있더라도 그와 함께 시간을 보내는 것처럼 여긴다. 어린 크리스티안은 장기간 이어진 엄마의 투옥 기간 동안 자신도 벌을 받고 있다고 느꼈다. 한 달에 한 번 지하철을 타고 교도소에 면회를 갈 때마다 갇혀 있는 엄마에게 바깥세상을 보여 주고 싶어서 손바닥만 한 스케치북에 이것저것 그림을 그렸다. 엄마에 대한 사랑과 혼란과 설렘

이 쌓이는 시간이었다. 크리스티안은 누구와도 다름없는 한 명의 어린이였지만 피부색이나 가족의 구성으로 인해 사회에서 종종 '다른 아이'로 취급되었다. 그는 자라서 애니메이션을 전공하고 픽사 애니메이션 스튜디오에서 일하다가 그림책 작가가 되었다. 그리고 『마일로가 상상한 세상』(맷 데 라 페냐 글, 북극곰 2022)이라는 그림책에 자신의 솔직한 이야기를 담아낸다. 지하철을 타고 가며 세상을 스케치북에 담는 주인공 마일로는 크리스티안 본인이다. 교도소에 간 엄마를 둔 아이들의 건강한 성장을 응원하는 이 자전적 그림책은 2022년 영국도서관협회가 주관하는 요토 카네기상(Yoto Carnegie Medal) 최종 후보에 오르며 큰 주목을 받았다.

그림책 속의 마일로는 작가 크리스티안과 꼭 닮았다. 차이점이 있다면 마일로는 안경을 썼다는 것이다. 세상을 예리하게 관찰하는 어린이의 눈을 강조하고 싶었기 때문이라고 한다. 크리스티안은 어머니가 곁에 없는 것보다 다른 사람들과 끊어져 있다는 느낌, 사람들이 나와 친구가 되기를 원하지 않는다는 느낌이 더 고통스러웠다고 기억한다. 마일로와 함께 지하철에 탄 사람들은 서로의 삶을 알 수 없다. 그럼에도 그들은 타인을 고정 관념이 가득한 눈으로 바라본다. 유색 인종이라는 사실만으로도 크리스티안은 수많은 의혹의 눈길을 받아야 했다. 그러나 어른이 된 그는 초등학교 교사인 남자 친구 존과 행복하게 산다. 독자들에게 "당신의 이야기, 삶, 경험이 사람들이 말하는 것만큼 미쳤거나 부적합하거나 이상하지 않다는 것"을 알려 주고 싶어서 이야기를 만들고 그림책을 그린다. 자신을 지우는 세상에 맞서 그림책이라는 정직한 거울에 본인의 모습을 직접 그려 넣고 있다. 그는 책으로 세상을 바꾸는 또 한 사람의 시얼샤 공주다.

2007년 12월 처음으로 국회에 차별금지법 법안이 제출됐다. 17대 국회의 일이다. 수십 년째 수많은 이들의 염원이 이어진다. 누구도 다른 사람의 삶을 차별할 수 없다. 정의의 회복이 무엇인지 보여 줄 시간이다. 우리들이 바라는 세상은 마일로가 상상하는 세상과 똑같다. 우리들은 마일로다.

늦은 예술이 되지 않기 위해서

노동자의 삶에 관해 어린이에게 잘 알려 주는 그림책 한 권이 있다. 영국의 그림책 작가 레이먼드 브리그스(Raymond Briggs)가 1973년에 발표한 그림책 『산타 할아버지』(비룡소 1995)다. 이 책은 주인공인 산타 할아버지가 12월 24일 아침에 침대에서 일어나 또 크리스마스가 왔다고 투덜거리는 장면으로 시작한다.

창밖에는 하얀 눈이 쌓여 있다. 산타 할아버지는 눈이 싫다. 피곤한 몸을 일으켜 출근 준비를 하면서 겨울이 너무 싫다며 투덜거린다. 산타 할아버지에게 크리스마스이브 아침은 직장인의 월요일 아침처럼 괴롭다. 눈 내리는 악천후에도 하루 안에 산더미 같은 선물 배송을 마쳐야 한다. 12월 내내 이날을 준비하면서 과중한 노동을 했겠고 몸은 파김치가 되어 있을 것이다. 어린이들은 이 책을 읽으면서 덥수룩한 흰 수염에 허허 웃는 호인인 줄만 알았던 산타 할아버지에게도 숨겨진 고통이 있음을 배운다. 풍부한 경험을 갖춘 노동자이지만 과로로 인해 짜증을 낼 수도 있으며 그 또한 어서 일을 마치고 집에 돌아가 푹 쉬고 싶어 한다는 것도 알게 된다.

크리스마스 새벽 무사히 할 일을 마친 산타 할아버지는

출근하는 우유 배달원을 만난다. 배달원은 일곱 병의 우유를 들고 걷다가 산타 할아버지와 마주치자 인사를 건넨다. 아직도 안 끝났느냐며 묻는 그에게 거의 다 마쳤다고 활짝 웃으며 대답하는 퇴근길의 산타 할아버지 얼굴이 홀가분해 보인다. 『산타 할아버지』를 읽는 어린이 독자들은 멋지게 임무를 완수한 이 노동자에게 충분한 휴식의 권리가 주어졌으면 좋겠다고 생각한다. 그의 책을 읽고 자란 어린이들은 산타 할아버지처럼 회사에 가기 싫어서 침대에서 꾸물거리면서도 성실하게 일터에 가고 모아 둔 휴가를 사용할 줄도 아는 어른이 되었다.

독자들의 성원에 보답하기 위해서 레이먼드 브리그스는 2년 뒤에 속편 격인 『산타 할아버지의 휴가』(비룡소 1995)를 펴낸다. 산타 할아버지가 여름휴가를 떠나는 이야기다. 할아버지는 사슴이 끌던 썰매를 캠핑카로 개조하고 평소 가장 이상적인 바캉스 장소라고 생각하던 프랑스의 캠핑장으로 향한다. 입에 맞지 않는 현지 음식에 실망하고 물갈이로 배탈을 겪지만 여행은 원래 그런 재미로 하는 것이다. 꿈같은 휴가를 누리는 산타 할아버지의 발목을 붙잡는 것은 "산타 할아버지다!"라며 그의 정체를 알아보고 달려오는 어린이들이다. 그는 이 어린이들을 위해 다시 일터로 돌아가 다음 크리스마스 준비를 시작한다. 어린이들은 이 두 권의 책을 통해 노동자에게는 적절한 휴식과 재충전의 시간이 필요하다는 것을 배운다. 레이먼드 브리그스의 아버지는 배달 노동자였다. 그는 쉴 틈도 없이 배달 업무에 몰두하던 자신의 아버지를 생각하면서 산타 할아버지 이야기를 쓰고 그렸다고 한다. 해마다 크리스마스가 오면 인기가 높은 이 고전 그림책은 노동절에 어린이와 함께 읽기도 좋다.

레이먼드 브리그스는 특별히 어린이만을 염두에 두고 책을 만들지는 않았다. 스스로 생각하기에 자신의 작품은 우울하고 정치적이어서 누가 이런 책을 살까 의문이라고 말하기도 했다. 그러나 그의 작품을 가장 열렬히 사랑한 독자는 어린이였다. 브리그스만큼 독자를 실컷 울고 웃게 만든 그림책 작가도 드물다. 1982년에 발표한 그림책 『바람이 불 때에』(시공주니어 1995)는 핵전쟁의 위험을 예고한 작품이다. 반세기 전의 그림책임에도 오늘날 우리가 겪는 바이러스의 습격과 기후 위기, 전쟁 상황을 대입해 보면 현실적인 공포감이 느껴진다. 나빠지는 세계를 무력하게 바라보기만 하는 한 파국을 막을 길은 없다는 것이 이 책이 던지는 통렬한 경고다. 브리그스가 남긴 작품을 읽은 아이들은 어떻게 평등한 노동 환경을 만들고 평화로운 세계를 꾸려 가야 할지 고민하는 어른으로 살아갈 것이다.

레이먼드 브리그스는 2022년 8월 9일 여든여덟 살의 나이로 세상을 떠났다. 그를 애도하면서 우리는 반세기 뒤의 어린이들을 위해 어떤 책을 써야 하는지 생각해 본다. 미래를 읽는 시야가 필요하다. 어린이를 기르고 그들과 함께 사는 사람, 어린이가 읽는 책을 쓰는 사람은 눈앞의 과제를 수습하는 일에만 머물러서는 안 된다는 것을 다시금 깨닫는다. 적어도 50년 뒤의 문제를 바라보고 준비하지 않는다면 그 예술은 늦은 예술이 된다.

코로 책을 읽는 아이

우리에게 두 눈이 있고 그렇기에 세상을 또렷하게 볼 수 있다는 것은 고마운 일이지만 그것이 더 우월한 삶이라고 말하는 것은 타당하지 않다. 진 리틀(Jean Little)은 삶의 가치가 훨씬 더 넓은 영역 안에 있다고 말하는 작가다. 1932년 대만에서 태어나 캐나다에서 자란 그는 아스트리드 린드그렌 추모 문학상에 여러 차례 후보로 올랐고 50권이 넘는 걸작 동화와 청소년소설을 남겼다. 어려서부터 책을 좋아했는데 세면대에 가서 코를 씻으라는 잔소리를 자주 들었다고 전해진다. 항상 코를 종이에 바짝 붙이고 책을 읽었기 때문이다. "그러다가 코에 잉크가 묻어 글자가 인쇄되겠다."라는 핀잔을 들으면 "다행히 저는 코가 작아서 책을 눈에 가까이 가져갈 수 있네요!"라고 대꾸했다고 한다. 그는 날 때부터 각막에 흉터가 있어 매우 희미하게만 앞을 볼 수 있었고, 2020년 세상을 떠날 때까지 평생 안내견과 함께 살았다.

진취적인 성격의 진 리틀은 여행을 즐기는 청소년이었다. 캐나다 토론토대학에 진학해서는 영문학자 노스럽 프라이(Northrop Frye)에게 영문학을 배웠고, 교사 자격증을 취득한 뒤 장애 어린이에게 문학을 가르치는 교사가 되었다.

동화작가가 된 이유는 수업에 사용할 만한 좋은 문학 작품을 찾지 못했기 때문이다. 그의 조카인 작가 매기 드 브리스(Maggie de Vries)는 당시 장애 어린이가 나오는 동화 자체가 드물었고 장애를 가진 사람이 행복한 결말에 이르는 작품은 찾아볼 수 없었다고 회상한다. 장애인이 불행하게 죽는 이야기 아니면 『비밀의 화원』(1911)처럼 장애가 기적적으로 치료되는 이야기만 나와 있었다는 것이다.

진 리틀이 쓴 첫 작품 『내 건 손대지 마』(*Mine for Keeps*, Little, Brown&Co. 1962)의 주인공 샐리는 캐나다 아동문학에서 장애인의 진짜 삶을 보여 준 최초의 인물이나 다름없다. 뇌성 마비 장애인인 샐리는 학교의 부당한 교칙을 바꾸라며 적극적으로 나서고 친구들과 놀다가 다투면 무섭게 화를 내는 등 감정을 드러내는 데 주저함이 없다. 그전까지 동화 속 장애인 인물은 불편한 처지만 묘사되었을 뿐 개별적 성격이 표현되는 경우가 거의 없었다. 샐리가 그러하듯 뇌성 마비는 영원한 '선고'가 아니며 근육 제어 및 조정에 영향을 미치는 하나의 '상태'다. 그럼에도 과거의 동화 속에서는 뇌성 마비 어린이가 다른 학생들과 분리된 공간에 있는 이질적 존재로 그려졌다. 진 리틀은 자신의 경험을 토대로 장애 인물이 나오는 동화의 새로운 기준을 만들었다.

어려서 책에 코를 붙이고 글자를 읽던 진 리틀은 성장하며 시력을 거의 다 잃는다. 그러나 그를 보조하는 과학 기술도 발전했다. 1932년생인 그는 종이에 글씨를 쓰는 대신 타자기를 사용할 수 있었다. 1985년에 출간한 『엄마가 앵무새를 사 주실 거예요』(*Mama's Going to Buy You a Mockingbird*, Viking Juvenile 1985)는 녹음기를 이용해서 썼다. 문장 부호까지 녹음해 가며 7년에 걸쳐 쓴 이 장편은 걸작으로 평가받는다. 그리고 컴퓨터의 음성 인식 기술이 나온 뒤로는 진 리틀의 다작 시대가 시작된다.

그의 삶은 다사다난했다. 예순이 넘은 나이에 사랑하는 조카가 연쇄 살인범에 의해 희생된 후 조카의 아이를 키우게 되었고, 그때부터 자신은 '공동의 부모'로 살기 시작했다고 말한다. 앞을 보지 못하는 반려견 네 마리가 이미 그의 가족이었다. 그들은 다 함께 아이를 보살피고, 아이의 보살핌을 받으며 같이 살았다. 여러 시련 속에서도 진 리틀은 왜 동화를 쓰냐는 질문을 받을 때마다 "내가 곧 열 살이 되니까요."라고 농담하는 유쾌한 사람이었다.

동화작가 크리스티나 미나키(Christina Minaki)는

2022년 12월 24일 캐나다 주간 신문 『노섬벌랜드 뉴스』에 기고한 글에서 "진 리틀이 첫 책을 쓴 것은 1962년으로 그 이후 60년이 지났지만 장애에 관한 동화는 진 리틀이 세운 기준에서 나아가지 못하고 있다."라며 안타까움을 나타냈다. 최근에 출간되는 그림책과 동화에 발전된 부분이 없는 것은 아니다. 휠체어나 보조 장치를 이용하는 인물이 더 자주 등장하며 그들은 지하철도 타고 일상에서 활발하게 움직인다. 실제로 여러 작품 속 거리 풍경에서 보이는 장애인의 숫자는 눈에 띄게 늘어났다. 겉으로 드러나지 않는 장애를 다루는 비율도 높아졌다. 요즘은 신경학적 다양성을 지닌 인물도 종종 등장한다. 그럼에도 장애인의 삶을 다루는 서사의 다양성이 부족하고 그들의 삶에 대한 이해는 아직도 얕은 편이다. 여전히 장애 인물이 비장애인의 삶에 영감을 주기 위해 존재하는 것처럼 묘사되는가 하면, 비장애인의 극적 불행을 장식하기 위해 종종 장애인 가족이 도구적으로 등장하기도 한다.

미나키는 장애가 삶에 있어 독특한 도전인 것은 맞으나, 장애가 있는 인물이 자기다움을 유지하면서 즐겁게 미래를 구상하고 생산적 활동을 벌이는 이야기가 더 많이 늘어나야 한다고 제안한다. 우리의 현실은 어떠한가. 도리어 장애인의 이동권 요구를 묵살하고, 장애인을 사회에서 고립된 존재로 바라보려 하는 인식의 퇴행이 일어나고 있지는 않은가. 어린이들이 이 세계를 보고 있다. 장애 인물이 등장하는 동화는 무엇을 기록해야 하며 무엇을 외면하지 않아야 하는가. 작가는 작품 안에서 현실의 무엇을 바꾸어야 하는가. 장애인의 비명은 동화에 정확히 담기고 있는가. 장애인의 웃음은 충분히 묘사하고 있는가. 코로 책을 읽는 아이의 마음을 생각하는가. 장애인 어린이가 비장애인 어린이와 똑같이 행복하기를 바라며 헤아려 보는 질문들이다.

읽는 미래가 있는 미래다

　서울 혜화동은 나에게 각별한 장소다. 오래전 신인 작가였을 때 나는 혜화역 2번 출구 앞 붉은 벽돌 건물의 계단을 올라가 '밀다원'이라는 카페를 찾아가곤 했다. 공간의 외부와 내부가 흐르듯 연결된 이 건물은 1979년 고(故) 김수근 선생이 설계한 '샘터' 사옥이었다. 이곳에서는 동화책을 읽고 연구하는 작은 모임이 종종 열렸다. 건물 지하에는 어린이극의 산실이라 할 만한 샘터파랑새극장이 있어서 공연이 있는 날이면 줄지어 계단을 내려가는 아이들의 웃음소리가 계단을 타고 울려 퍼졌다. 그 소극장 객석에 어린이들과 나란히 앉아서 연극을 본 날도 많다.

　2023년 7월 추억의 혜화역에 올 일이 두 번 있었다. 한 번은 옛 샘터 사옥 바로 옆에 있는 어린이 작업실 '모야'에서 백희나 작가와 '책, 풀, 톱'이라는 이름의 콘퍼런스에 참여하기 위해서였다. 어린이에게 도서관이란 무엇이며 만들기와 놀이란 어떤 의미를 갖는지 논의하는 자리였는데, 콘퍼런스 주제를 듣자마자 만들기의 달인이자 인형 놀이의 대가 백희나 작가가 떠올랐다. 예술의전당 단독 전시를 앞두고 밤낮을 작업실에서 지내던 그였지만 주제를 듣더니 흔쾌히 발표를 맡겠다고 했다. '책 나와라 뚝딱! 이야기 나와라 뚝딱!'이란 세션 제목도 뚝딱 만들어졌다.

콘퍼런스에서 그는 자신이 어린 시절 학교를 좋아하게 된 최초의 순간으로 "내 몸에 꼭 맞는 책상과 걸상에 앉았을 때"를 꼽았다. '여기 앉아서 나만의 무언가를 쓰고 그리고 만들 수 있겠구나.' 하고 실감했다는 것이다. 톱과 망치를 능수능란하게 다루며 소우주를 창조하는 그가 지금도 가장 자주 쓰는 도구는 초등학교 때부터 써 온 도구인 연필과 종이다.

종이책은 이야기들의 거주지 가운데 가장 유서 깊은 장소다. 책은 이야기가 내려앉은 종이를 묶어서 만드는 것이다. 여러 사람의 손길이 닿아 읽을 수 있는 입체가 된다. 어린이부터 어른까지 누구나 만질 수 있는 물건으로 태어난다. 백희나 작가는 우리가 평면이 아닌 입체 안에 살고 있음을 생생히 느끼게 함으로써 납작해지려는 마음에 풍성한 생기와 동력을 불어넣는다. 입체적인 물건인 책 안에 입체로 만든 조그맣고 정교한 장면을 채워 넣는다. 어린이에게 더 구체적인 입체의 세계를 향해 나아가라고 권한다. 그리고 다면의 공간 안에 너를 이해해 주며 너만을 기다리는 친구가 있을 거라고 말한다. 2023년 이탈리아의 대표 아동문학상인 '수페르프레미오 안데르센'(SuperPremio Andersen)을 수상한 그의 그림책 『알사탕』(책읽는곰 2017; 개정판 스토리보울 2024)에는 바로 그 입체적 우정의 생성 과정이 담겨 있다.

그날로부터 이틀 뒤에는 비행기를 타고 멀리서 날아온 그림책 작가 존 클라센(Jon Klassen)을 만나기 위해 또 한 번 혜화역을 찾았다. 샘터파랑새극장에서 그의 신작 북토크가 열렸다. 수십 년 전 웅크리고 앉아 연극을 보던 지하 객석에 들어서자 이곳의 냄새와 습기가 크게 변하지 않았다는 것이 느껴졌다. 알다시피 유령들은 적어도 수백 년은 사는 법이니까, 이 낡은 극장 안에 그동안 어린이들의 웃음소리를 먹고 살아온 이야기의 유령들이 옹기종기 모여 있을지도 모르는 일이었다. 아이들의 눈높이를 고려한 낮은 무대에서 존 클라센과 관객들은 책과 친구의 소중함에 대한 생각을 나눴다. 존 클라센은 이 공간의 역사와 이곳을 다녀갔을 유령들 이야기를 듣고 즐거워했다. 그리고 어린 소녀와 유령이 등장하는 자신의 그림책 『오틸라와 해골』(시공주니어 2023)을 낭독했다. 그는 친구인 작가 맥 바넷(Mac Barnett)과 꾸준히 공동 작업을 이어 가고 있다. 두 사람이 긴 우정을 유지하는 비결이 뭐냐고 묻자 그는 "좋은 친구를 사귀고 싶다면 책이 있는 곳에 먼저 발을 디디고 같은 책을 좋아하는 사람을 사귀라."라고 조언했다. 나와 같은 책을 좋아하는 사람이라면 세상을 보는 비슷한 눈을 갖고 있을 가능성이 크기 때문에 공통의 호기심을 나누면서 오래 인연을 이어 갈 수 있다는 것이다. 이야기꾼다운 대답이었다.

내 기억 속 혜화역의 붉은 벽돌 건물은 수많은 글과 이야기가 태어난 생가나 다름없다. 거기서 차를 마시고 글을 쓰고 연극을 보며 책과 어린이를 귀하게 여기는 친구들을 만나지 않았더라면 아마 지금보다 더 깊이 좌절하고, 삶의 어느 대목에서는 기어오르지 못했을지도 모른다. 책은 우정을 만들어 줄 뿐 아니라 예기치 못한 균열 앞에서 삶을 지지해 주기도 한다. 지금 자라나는 어린이들에게도 어떤 아찔한 어려움이 찾아올지 모른다. 어린이에게 책에 접근할 수 있는 권리가 주어지면 어린이는 그 책을 디디며 세상이라는 엄혹한 절벽을 오른다. 그들 앞에 다양한 책을 놓아 주고 안전하게 다음 걸음을 내디딜 수 있도록 돕는 것은 어른들의 일이다. 특히 종이책은 장소와 시간의 구애를 적게 받으면서 누구나 쉽게 다가갈 수 있는 유서 깊은 사다리다. 그런 의미에서 어린이와 책의 자유로운 만남을 방해하거나, 온갖 트집을 잡아 어린이책의 가치를 공격하고 어린이가 좋은 책에 접근할 권리를 가로막는 사람을 나의 적으로 삼기로 했다. 책을 없애는 것은 미래를 맞이하는 방식이 아니다. 읽는 미래만이 있는 미래다.

상상력은 선택할 수 없다

한때 이런 직업을 가져 볼까 생각한 적이 있다. '기억 발견사'라고 부를 수 있는 직업으로, 어린 시절 읽었으나 지금은 기억나지 않는 책의 제목을 알려 주는 일을 하는 것이다. 가끔 내게 추억의 책 제목을 잊어버렸다며 "이 이야기가 어떤 동화인지 알아요?"라고 물어보는 이들이 있다. "어떤 아이가 천둥 치는 날 가게에서 케이크를 훔치는 장면으로 시작하는 책인데⋯⋯" 하며 기억 속 한 대목을 풀어놓는 식이다. "그 케이크, 초록색이죠?"라고 대꾸하면 "맞아요! 제가 그 책 정말 좋아했어요."라며 얼굴이 환해진다. 내가 그 책의 제목을 알려 주면 상대방은 그리움 가득한 눈빛을 보낸다.

어린 시절의 우리에게 '책'이란 어떤 의미일까. 어린이의 성장은 기억을 덮어 쓰는 과정이라서 아무리 즐거웠더라도 자라고 나면 희미한 잔상만 남는 경우가 많다. 그림책 작가 기타무라 사토시(きたむら さとし)가 들려준 이야기가 생각난다. 그는 영국 유학 시절 어느 맞벌이 가정의 아이를 돌보는 일로 돈을 벌었다. 아이를 만나러 갈 때마다 자신이 쓰고 그린 습작을 들고 가서 읽어 주었는데, 최초의 독자인 아이는 수십 번 다시 읽어 달라고 할 정도로 그의 작품에 환호했

다. 오랜 세월이 흘러 일본에서 작가로 활동하는 그에게 아이의 부모로부터 연락이 왔다. 아이의 대학 졸업식에 그를 초대하고 싶다는 것이다. 기쁜 마음으로 영국까지 달려간 기타무라 사토시의 눈앞에는 몰라보게 장성한 청년이 서 있었다. "아직까지 나를 기억해 주다니 고마워요."라고 말하자 그는 머쓱하게 웃으면서 이렇게 이야기했다고 한다. "사실 저는 선생님이 기억나지 않아요. 좋은 분이었다고 부모님이 늘 말씀해 주셨기 때문에 고마움을 갖고 있습니다만." 그때 읽어 준 책들도 다 잊었느냐고 묻자 청년은 정말 미안한 표정으로 그렇다고 대답했다.

기타무라 사토시는 2010년 서울국제작가축제의 강연에서 이 일화를 들려주며 이렇게 말했다. "어린이문학은 어린이에게 잊히고 마는 숙명을 갖고 있습니다. 하지만 제가 들려준 이야기들이 결국 그 아름다운 사람 자체가 되었기 때문에 저는 그 숙명이 조금도 실망스럽지 않습니다." 당시 나는 그 일화를 들으면서 기억에서는 서서히 엷어지지만 마침내 존재 자체가 되는 것, 이것이 어린이책의 본질임을 깨달았다. 기억하지 못한다고 해서 어린이와 책 사이의 연결고리가 약하다고 할 수 있는가? 그렇지 않다. 제목을 까맣게 잊은 뒤에도 두고두고 그리워할 만큼 견고한 것이 책과 어린이의 관계다. 어린이는 그 책을 넘어 성장한다. 책을 흡수하고 추억을 뛰어넘어 나아간다. 만약 그 청년이 "선생님의 책이 준 가르침을 잊지 않고 있습니다. 그 뜻대로 살겠습니다."라고 답했더라면 그건 더 멋진 일이었을까? 꼭 그렇지는 않다. 기억을 하건 못 하건 청년은 오늘로부터 가장 멀리, 우리보다 더 먼 곳으로 갈 사람이다.

스웨덴 스톡홀름에 있는 티오 트레톤(Tio Tretton) 도서관은 열 살부터 열세 살까지의 어린이를 위한 곳이다. 어른 보호자는 동행할 수 없다. 이 나이가 되면 어른이 항상 옳거나 좋은 결정만을 내리는 건 아님을 이해하고 있으며 자신이 읽을 책은 스스로 찾아야 한다는 것도 알기 때문이라는 것이다. 우리나라의 전주시립도서관 꽃심 안에도 '우주로1216'이라는 어른 입장 금지 구역이 있다. 열두 살부터 열여섯 살까지만 이곳에 들어갈 수 있다. 독서는 하나의 자아가 독립하는 과정이다. 그런데 보호자들은 자신이 그 자아의 독립을 통제하고 관리할 수 있다고 믿고, 가능하면 자기 마음에 드는 이야기, 예를 들면 예의 바르게 행동하는 인물이 나와서 위대한 성공을 거두는 이야기를 골라 읽히려는 경향이 있다. 그러나 어린이는 힘없는 이가 등장해 거친 모험을 펼치며 자기 자신을 발견해 나가는 이야기를 더 좋아한다. 세계의 변동에도 민감해서 어느 인물의 위대함이나 유명함의 기준을 무조건 신뢰하지는 않는다. 그들은 오늘 이후를 살며 그 기준을 세워 나간다.

2023년 충남의 도서관 19곳 가운데 14곳에서 특정 어린이책의 열람 또는 검색을 제한해 큰 물의를 빚었다. 성 인지 감수성이 높은 도서를 서가에서 배제하라는 일부 단체의 조직적 민원 때문에 도서관 일상 업무가 마비될 정도였다. 금서 지정을 요구하는 책의 목록을 살펴보면 어린이들이 열렬히 아끼고 사랑하는 애독서와 양서가 가득하다. 몇몇 어른들은 자신들의 입맛에 맞는 책만 공급하여 어린이의 정신을 통제할 수 있다고 믿는 것 같지만 그것이 옳은가와 더불어 과연 그것이 가능한가도 묻고 싶다.

영국의 작가 캐서린 룬델(Katherine Rundell)은 『나이를 먹었고 지혜롭다고 하더라도 어린이책을 읽어야 하는 이유』(*Why You Should Read Children's Books, Even Though You Are So Old and Wise*, Bloomsbury Publishing 2019)라는 책에서 이렇게 말한다. "어린이책의 초창기에 있었던 '교육'이라

는 이름의 유령이 여전히 남아 있습니다만, 어린이책이 우리에게 가르쳐 주고자 하는 것 자체가 이전과 달라졌습니다. 세상이 텅 비어 있고 진실이 사라진 것처럼 보일 때, 동화는 희망을 보여 줍니다. 보세요. 용기가 여기 있습니다. 이것이 너그러움의 모습입니다."

일부 어른들이 금서로 지정하고 싶어 하는 그 희망의 책들을 세상의 많은 어른이 같이 읽으면 좋겠다. 그러면 상상력은 함부로 제한하거나 선택할 수 없다는 진리를 자연스레 이해하게 될 것이다.

혀 위에서 만나요

책을 읽다 보면 이 작고 가벼운 물체가 무엇이기에 이렇게도 사람의 마음을 뒤흔드는지 경이로울 때가 있다. 책은 고정된 사물이어서 정보가 분초 단위로 업데이트되는 이 시대와 어울리지 않는다고 말하는 사람도 있지만 책은 흐르는 강물 위를 떠다니는 섬이기도 하다. 사람들은 자신의 속도로 헤엄쳐 책의 섬으로 다가오고, 이 섬에 모여 작가라는 사공이 젓는 배에 오른다. 그 뒤로 얼마나 유장한 풍경이 펼쳐지는지는 실제 책을 읽은, 독자가 되어 본 사람만이 안다.

2023년 19회 와우북페스티벌이라는 커다란 축제의 배에 올라 책이 이끄는 절경을 목격했다. 100여 명의 참석자들만 누리기엔 아까운 순간이었기에 활자로 남겨 보려고 한다. 거슬러 올라가자면 2020년 가을쯤 나는 정용준의 소설 『내가 말하고 있잖아』(민음사 2020)를 흥미롭게 읽었고 그 무렵에 캐나다의 시인 조던 스콧(Jordan Scott)이 쓴 그림책 『나는 강물처럼 말해요』(시드니 스미스 그림, 책읽는곰 2021)를 우리말로 번역하고 있었다. 한 권은 소설, 한 권은 그림책이지만 독자인 내 마음에서는 두 권에 담긴 이야기가 하나의 물줄기로 합류하며 읽혔다. 이 책들은 공통적으로 이른바 유창성 장애라고 부르는, 말더듬증을 겪는 어린이를 다루었다. 작가 자신이 직접 겪은 일을 바탕으로 한 당사자 문학이라는 점까지 두 이야기는 서로 닮아 있었다. 당시 조던 스콧은 캐나다에, 정용준은 우리나라에 살고 있었기에 두 작가가 언젠가 상대의 작품에 대해 알 수 있는 기회가 마련된다면 뜻깊을 것이라고 생각했다. 그리고 2023년 와우북페스티벌에서 그 대담이 실현된 것이다. 조던 스콧의 국내 출간작들을 번역해 온 나는 이 대담에서 사회를 맡게 되었다.

작가가 자전적인 경험을 글로 쓴다는 것은 어떤 의미를 가질까. 대담의 자리에서 독자들은 두 당사자가 털어놓는 문학적 고백을 들었다. 그들이 글을 쓰던 순간의 벅찬 기분을 나누어 가질 수 있었다. 두 작가가 공통적으로 한 말이 있다. 말을 더듬는 것에 대한 글을 씀으로써 자신에게 일어난 일, 그리고 막연히 품은 두려움이 무엇이었는지 비로소 정확히 이해하게 되었다는 것이다. 우리가 고통스러운 경험을 하고 나서 느끼는 불안은 대부분 그 경험을 둘러싼 막연함에서 온다. 글을 쓰는 일은 그 안개 같은 막연함을 걷어내는 작업이다. 소설은 픽션이므로 작가가 쓴 소설 속의 이야기는 분명 허구다. 하지만 그 안에 깃든 것은 그간 작가 스스로도 설명할 수 없었던 마음속의 뚜렷한 진실로, 독자의 직관은 소설 안에서 그것을 읽어 낸다.

정용준은 자신이 말을 더듬는다는 것을 들키지 않기 위해 발음하기 힘든 낱말이 떠오를 때마다 좀 더 수월하게 발음할 수 있는 다른 낱말로 바꿔 말하곤 했던 수많은 날들에 대해 들려주었다. 그가 남몰래 수행해 온 분연한 발화의 노동이 그에게 소설가의 문장을 갖게 한 것일지도 모른다. 스콧은 대학 시절 자신의 시를 남들 앞에서 읽어야 할 때면 "오늘은 제가 깜박 잊고 시를 쓴 종이를 가져오지 않았습니다."라고 말하며 발표 순서를 최대한 미뤘다고 한다. 그런데 하루는 교수가 "네가 제출한 시를 내가 출력해 왔으니 지금 읽어 보라."라고 했고, 어쩔 수 없이 동료들 앞에서 더듬더듬 자신의 시를 읽고야 말았다. 불규칙한 속도로 느릿느릿 낭독을 마친 뒤 고개를 들었을 때 교수는 눈물이 가득 고인 눈으로 그를 바라보며 자신이 지금까지 들은 것 중 가장 아름다운 시 낭송이었다고 말했다고 한다. 스콧은 그날 처음으로 "더듬는 것이 아름답다."라는 말을 들었고 그 경험이 인생을 바꾸었다고 이야기했다. 이날 와우북페스티벌 무대에서도 그의 유려한 더듬거림이 울려 퍼졌다. 바늘을 쥔 채 옷감을 짚으며 다음 수놓을 자리를 찾는 손가락처럼, 드문드문 끊겼다가 이어지는 스콧의 시 낭송은 실로 음악이었다. 그는 읽는 행위야말로 호흡을 동원하는 온몸의 노동이며 마법처럼 시간을 주고받는 행위임을, 그의 시를 듣는 우리에게 일깨워 주었다. 우리는 각자의 벼랑에서 한 줄 한 줄 말을 끌어올려야 하는 소리를 더듬는 자들이다.

마이크를 든 한 관객이 두 작가에게 건넨 말이 기억에 남는다. 젊어서부터 선택적 함구증을 지니고 살아온 중년 여성이었는데 이들의 책을 읽고서 어딘가에 갇힌 것 같은 갑갑한 상태에서 한결 자유로워졌다고 고백했다. 스콧은 자신의 시 「동굴 탐험」에 "우리는 모두 혀 위에서 만날 것이다."라고 쓴 바 있다. 그렇다. 책은 생각한 것보다 더 비좁은 틈에 광대한 빛의 광장을 숨기고 있다. 책 읽기는 그 틈의 광장을 향해 가는 일이다. 실질적인 노동으로서의 책 읽기가 그 광장에서 이루어지면서 우리는 항해하고 강물로, 바다로 나아간다. 문학의 위기를, 책의 침몰을 말하는 분들을 이 광장으로 모시고 싶다. 강물처럼 말하는 사람들과 혀 위에서 만나고, 혀 위에서 춤추고 싶다.

수수께끼의 능력자들

수수께끼를 좋아하던 때가 있었다. 등하굣길이 길었던 초등학교 때 친구와 함께 태양이 낮아지는 골목을 걷다가 말도 안 되는 문제를 내며 즐거워했다. 출제가 재미있었기 때문에 정답인지 오답인지는 중요하지 않았다. 수수께끼가 지루해지면 우리는 함께 복잡한 계획을 세웠다. 대개 현실에서 실행할 수 없는 것이었다. 그러나 골목의 회합에는 검토는 할 줄 모르는 제안자들만 있었기 때문에 사업의 추진을 걱정하는 일은 일어나지 않았다. 후회는 어른이 된 뒤에나 하는 것이었고 우리는 순간의 발견에 몰두하면 그만이었다. 그래서인지 무심코 한 뼘씩 커지는 자기 자신을 겁내지 않고 다음 학년으로 올라갈 수 있었다. 자라나는 사람들에게 후회를 먼저 가르치는 세계는 그다지 바람직한 세계가 아니다.

얼마 전 수수께끼 같은 책을 읽었다. 여러 시인의 동시가 실린 『동시 유령의 비밀 수업』(김제곤 엮음, 이주희 그림, 창비 2023)이다. 이 책은 동시의 제목 또는 시의 구절 몇 칸을 비우고 답을 맞히게끔 되어 있다. 잊고 있던 수수께끼 본능이 되살아나서 도전해 보았는데 답을 맞히는 일이 쉽지 않았다. "둥근 알 속에// 나를 가두었다가// 그 알을 깨기 위해//힘껏 발 구르는 것"은 무엇일까? 나에게 '알 깨기'의 이미지는 헤르만 헤세(Hermann Hesse)의 『데미안』(1919)을 대체할 무엇을 찾기 어려운 상태로 단단히 고착되어 있었다. 머릿속 생각이 방에 갇힌 것처럼 뱅뱅 돌기만 했다. 권기덕 시인의 동시였는데 끙끙거리다가 뒤편에 실린 정답지를 보고야 말았다. 답은 '줄넘기'였다.

또 다른 제목 수수께끼를 읽고선 머리가 멍해졌다. "나도 오뚝이야//쓰러졌다//일어나는 데 일 년이 걸릴 뿐이야"가 전문인 짧은 동시였다. 이 문제의 출제자는 이장근 시인이다. '나'는 누구일까. 초광속 시대에 어떤 존재가 쓰러졌다가 일어나는 데 무려 1년이나 걸린단 말인가. 정답은 세 글자였다. 그렇다면 주식도 아니고 비트코인도 아니다. 쓰러졌다 일어나는 존재에 대해 잠시라도 증권사 시황판을 떠올린다는 것 자체가 틀렸다. 이런 잡동사니들이 머리에 가득하다면 수수께끼 풀이 능력은 빠르게 추락할 수밖에 없다. 수수께끼 풀이 능력 시험, 이른바 '수풀 시험'이 있다면 난 최하 등급을 받게 될 것이다. 나는 어느새 출제자 감각을 꿰뚫는 법 또한 잊어버리고 만 것일까. 정답은 '눈사람'이었다. 그렇다. 눈사람은 녹아서 쓰러지고 땅에 스며들어 세 계절을 견딘 뒤에 겨울이 되어 다시 일어선다. 그렇게 우뚝 선 사람, 눈사람이 된다.

어린이에게 문학이란 무엇일까. 책 읽기는 낯선 관찰력과 생소한 언어를 가진 사람의 글을 만나 그의 감각을 엿보는 일에서 시작한다. 고개를 갸웃거릴 때도 있고 무릎을 칠 때도 있다. 뒷이야기를 더 듣고 싶어서 귀 기울이는 마음도 문학을 사랑하는 마음이다. 묻고 답을 헤아려 보는 것도 문학 감상자의 행위다. 무엇보다 문학을 읽는다는 것은 쓰여 있는 것을 통해서 쓰이지 않은 것에 대해 생각하는 일이다. 쓰여 있지 않은 낱말, 쓰이지 않은 사건의 이면, 보이는 말 너머에 숨은 의미를 짐작하는 일이다. 좋은 문학은 빈칸을 사랑한다. 좋은 문학 감상자는 여백을 반기고 받아들일 준비가 되어 있다. 수수께끼를 즐기는 그 시간처럼.

시드니 스미스(Sydney Smith) 작가의 그림책을 몇 권 번역하면서 그가 글 없이 연출한 장면들 앞에서 눈물을 삼킨 적이 있다. 그의 모국어는 영어이지만 가장 잘 쓰는 언어는 침묵이다. 그는 글이 전혀 없는 장면을 통해 하고 싶은 말을 다 한다. 글 없는 그림책의 걸작인 존아노 로슨 (JonArno Lawson)의 『거리에 핀 꽃』(국민서관 2015)이나 조던 스콧의 『나는 강물처럼 말해요』에 그림을 그린 작가도 시드니 스미스다. 이 그림책에는 넓게 펼쳐진 판면 안에서 주인공이 강물을 바라보던 중 눈을 꼭 감았다 뜨는 장면이 있다. 그는 한 인터뷰에서 이 장면을 그린 이유에 대해 이렇게 말했다. 독자가 소년의 녹록하지 않은 감정과 마주하려면 다른 어떤 말보다도, 스스로 주인공이 되어 보고 인물의 감정에 동화되는 경험이 필요하기 때문이라는 것이다. 어떤 경험의 공백을 독자가 스스로 채우는 가운데 공감의 역량이 되살아난다는 점에서 예술과 문학은 사회적 효능이 높다. 수학 능력 시험과 달리 수수께끼 풀이 능력 시험에는 접수 기한이 없다. 수수께끼의 즐거움을 잊은 어른이라면 수풀 능력 시험의 강자인 어린이들에게 한 수 배움을 청하는 자세로 어린이책을 읽으며 공감의 복원을 시도해 보는 건 어떨까.

3부

눈을 감고 쓰는 용기

웃을 수도 없고, 울 수도 없는

그림책을 연구하는 사람으로서 "요즘 우리 그림 동화 참 좋던데요."라는 칭찬을 들으면 웃을 수도 울 수도 없는 심정이 된다. "우리 그림책 대단하죠."라고 대답하면서 "그림책과 동화책은 다르고, 그림 동화라는 명칭은 적절하지 않아요."라고 표현을 고치곤 한다.

동화는 어린이가 읽는 문학에 속한다면 그림책은 그림이 서사의 주도권을 갖고 글과 함께 제3의 이야기를 만들어 내는, 전혀 다른 분야의 현대 예술이다. 그림책 출판의 과정을 살펴보면 회화와 문학과 디자인이 어우러져 종합적 결과물이 만들어지고, 그 결과물이 출판이라는 산업 구조와 대량 생산 체제를 통해 책의 형태로 생산된다. 예술성이 집약되어 있으나 대중적인 가격으로 판매되므로 누구나 가볍게 한 권씩 소장할 수 있다. 어린이만 읽는 책은 아니지만 그림책의 역사는 어린이의 사랑을 바탕으로 전진해 왔다. 아기들이 예술을 만나는 가장 쉽고 일반적인 경로가 그림책이다. 그림 언어는 번역이 필요한 글보다 소통의 범위가 넓다. 그래서 국적을 뛰어넘어 다양한 독자를 만나기도 수월하다.

영화 「기생충」(2019)이 미국 아카데미 시상식에서 4개 부문을 수상하는 것을 보면서 세계 독자들이 주목하는 우리 그림책 작가들의 이름을 떠올렸다. 봉준호 감독은 미국 온라인 매체 『벌처』와 한 인터뷰에서 "한국 영화는 지난 20년 동안 큰 영향을 미쳤음에도 왜 단 한 작품도 오스카 후보에 오르지 못했나?"라는 질문을 받고 "오스카는 로컬(지역 시상식)이기 때문"이라고 답했다. 그림책 분야에도 비슷한 경우가 있다. 그림책의 아카데미상이라 할 수 있을 칼데콧상이 그렇다. 1938년에 시작되어 80년 넘게 이어진 전통 깊은 이 그림책상의 최근 수상작을 보면 새로운 흐름이 보인다. 2020년 수상작으로는 아프리카계 미국인의 역사를 담은 그림책 『우리는 패배하지 않아』(보물창고 2020)가 선정되었는데, 이 책은 등장인물 전원이 짙은 피부색을 지니고 있다. 대부분 백인 어린이가 주인공이었던 칼데콧 수상작의 역사에서는 드문 일이다. 그림책에 다양성과 포용을 적극적으로 담으려는 신호탄으로 보인다.

봉준호 감독의 "오스카는 로컬"이라는 표현은 다양성을 배제해 온 영화 예술의 역사에 대한 풍자적 표현이다. 그림책도 그와 비슷한 맥락으로 비판할 수 있다. 칼데콧 수상작을 선정할 때 운영진들은 여전히 미국 시민권자이거나 미국에 일정 기간 이상 거주한 작가의 작품만을 고집한다. 영화계에서는 국제적 협업이 늘어나면서 '로컬의 벽'이 허물어지고 있지만 칼데콧상은 그렇지 않다. 전 세계 독자들로부터 큰 지지를 받고 있는 이수지, 백희나 작가도 칼데콧상에서만큼은 후보에 오를 수 없다. 최근 미국의 몇몇 평론가들은 『뉴욕 타임스』에 칼데콧의 배타적 운영을 비판하는 글을 기고했다. 이에 작가의 국적을 가리지 않고 수여하는 '칼데놋(Caldenott)상'이라는 대안 시상식도 등장했다. 미국에 수출된 우리 작가 이억배의 그림책 『비무장지대에 봄이 오면』(사계절 2016)이 '칼데놋 명예상'에 이름을 올리기도 했다. 이러한 대안적 움직임이 칼데콧상의 운영에 어떤 영향을 미치게 될까 궁금하다.

이에 비해 유럽에서는 우리 작가의 수상 소식이 꾸준히 들려온다. 2020년 볼로냐 국제아동도서전에서도 안재선 작가의 『삼거리 양복점』(웅진주니어 2019)이 '볼로냐 라가치상 오페라 프리마'를 수상했고 스웨덴의 유명 그림책상인 '피터팬상'은 백희나 작가의 『구름빵』(한솔교육 2004)과 홍나리 작가의 『아빠, 미안해하지 마세요!』(한울림스페셜 2015; 개정판 미디어창비 2024)를 최종 후보에 올렸다. 여기서 또 한 번 웃을 수도 울 수도 없는 상황이 된다. 백희나 작가는 2020년 아스트리드 린드그렌 추모문학상을 수상했으나 『구름빵』의 저작권 소송 2심에서 최종 패소했다. 자신의 작품은 물론 그 작품으로 만든 뮤지컬, 속편, 연극, 캐릭터 상품에 대한 어떠한 법적 권리도 인정받지 못했다. 만약 백희나 작가가 또 한 번 『구름빵』으로 큰 상을 받게 된다면 누가 그 상을 수상하러 가야 할까? 그림책이라는 콘텐츠의 잠재력은 취하고 싶고 작가의 권리는 거두고 싶은 사회가 수상의 영예를 함께 누릴 자격이 있을까.

　　한편 영화 「기생충」이 국경을 넘어 환호를 받는 도중에도 조여정, 송강호, 이정은 등의 배우는 각자의 이름보다 '기생충의 배우들'로 집단 호명되곤 했다는 씁쓸한 이야기를 들었다. 이는 우리 그림책의 현실과 닮았다. 기업의 후원도 거의 없으며 정부에 기본적 지원을 요청하는 일조차 쉽지 않다. 공공 기관에서는 각개약진하며 분투하는 그림책 작가들을 '그림 동화 작가님들' 또는 '아동 분야 작가님들' 등의 부정확한 호칭으로 부르는 경우도 적지 않다. '그림책'을 법적인 용어로 사용할 수 있어야 그림책 작가의 권리를 정확히 요구할 수 있기 때문에 작가들이 직접 국회를 찾아가 그림책 분야를 알리고 저작자의 권리 보호를 호소하기도 했다. 그러한 노력 덕분에 이제는 그림책이라는 용어를 공공 문서 곳곳에서 볼 수 있다. 창작자의 권리를 존중하지 않는 채로 그들이 완성한 결과물만을 세계에 자랑하기는 어렵다. 깨끗이 기쁘지가 않다. 작가들의 권리가 제도적으로 정당하게 보장되어야만 독자도 편안한 마음으로 그들의 작품을 읽을 수 있다. 우리는 이것을 독자의 양심이라고 부른다.

큰 바위 얼굴

수십 년 동안이나 우리 교과서에 실렸던 단편소설이 있다. 너새니얼 호손(Nathaniel Hawthorne)이 1850년에 발표한 「큰 바위 얼굴」이다. 주인공 어니스트는 언젠가 마을의 바위를 닮은 위대한 인물이 나타날 거라는 아메리카 원주민의 전설을 믿는다. 그 영웅을 기다리며 일생을 목수로서 성실하게 살아가던 노년의 어니스트가 어느새 큰 바위를 닮은 사람이 된다는 것이 소설의 줄거리다. 수업 시간에 받은 학습 자료에서 미국 사우스다코타주의 러시모어산에 있는 조각상 사진을 본 기억이 난다. 험준한 바위산에 역대 미국 대통령 조지 워싱턴, 토머스 제퍼슨, 시어도어 루스벨트, 에이브러햄 링컨의 얼굴을 새긴 이 거대한 조형물은 1940년대에 완성되었다고 한다. 따라서 단편소설 「큰 바위 얼굴」과 직접 관련된 부분은 없다. 그런데 두 이미지는 내 머릿속에 오랫동안 겹친 채로 남았다. 미술실에서 본 그리스 조각상처럼 하얀 얼굴을 가진 이국땅의 남성 대통령들이 상상 속 '위대함'의 개념을 독차지한 것이다. 당시 교실에는 군부 쿠데타로 대통령이 된 독재자의 사진이 칠판 위 정중앙에 걸려 있었다. 수업 중에는 종종 그 사람의 사진을 보아야 했다. 어린 우리에게 대통령은 위대한 자라는 연상 작용을 일으키는 것이 학습 자료의 숨은 의도였는지도 모르겠다.

조각상이 새겨진 러시모어산은 검은 언덕(Black Hills)이라는 이름을 가진 산맥에 속해 왔다. 이곳은 아메리카 원주민 라코타족 사람들이 수천 년간 성스럽게 여겨 온 땅이었고 여기서 그들을 향한 대학살이 일어났다. 역사 속에서 약자들은 강자에게 위대함을 빼앗기고 그들을 향한 부당한 존경을 강요당했으며 모욕 앞에서 머리를 숙여야 했다. 라코타족 원주민들도 마찬가지다. 학살의 생존자들은 큰 바위 얼굴 조각상이 자신들의 성지에 있는 것을 비판하며 조각상 철거를 요구해 왔으나 연방 정부는 오히려 생존자들의 요청을 비웃듯 러시모어산에서 불꽃 축제를 열었다. 그러다 2020년 미국 독립 기념일을 앞두고 이 공원을 폐쇄하라는 운동이 거세게 일어났다. 이 산에 위인으로 조각되어 있는 워싱턴 대통령과 제퍼슨 대통령이 노예를 소유하고 있었고 루스벨트 대통령은 노골적인 인종 차별 발언을 했다는 것이 새로운 쟁점이었다. 2020년 5월 미네소타주에서 경찰의 과도한 폭력으로 흑인 남성 조지 플로이드가 사망한 사건 이후 '위대함'에 대한 감각이 달라지면서 이 문제가 전면적으로 제기됐다. 그동안 라코타족의 후예들이 자신의 선조들을 무고한 죽음으로 몰아넣은 인물들을 바라보면서 살아야 했다는 것이 얼마나 고통스러운 일이었을지 깨닫는 시민들이 늘어난 것이다.

차별과 혐오가 해로운 것은 그것이 우리 자신을 똑바로 사랑하고 존중하지 못하게 만들기 때문이다. 자신은 차별과 혐오로부터 예외일 거라는 짐작은 착각이다. 타인을 혐오하는 자신의 얼굴을 본 적이 있는가. 결코 사랑할 수 없는 얼굴일 것이다. 폭력적 행동에 참여하지 않았다면 괜찮은 것일까. 그렇지 않다. 멸시하는 말과 눈길과 손짓은 모두 폭력과 다름없다.

한 사회에 거짓으로 위대함을 추앙하는 구조가 세워지면 그 틈새에서 혐오가 기회를 찾는다. 거짓 존경은 멸시의 감정과 친하다. 위대하지 않은 자, 자기보다 더 약한 자, 낮추봐도 될 것 같은 사람을 기어코 찾아내 괴롭히기 시작한다. 그 과정에서 더 강력한 자로부터 받은 모멸을 자신보다 더 약한 자리에 있는 이에게 내려보내는 혐오의 수직 전파가 시작된다. 이 과정을 통해 타인은 물론 자신의 삶도 조각조각 파괴된다.

교과서에서 「큰 바위 얼굴」을 읽으며 작은 나라의 국민이나 유색 인종, 여성 중에는 왜 '큰 바위 얼굴'이 없을까 의문이 들었다. 당시 도서관에서 만난 세계 위인전 목록에는 몇 명의 장군을 제외하면 온통 서양 사람의 이름이 가득했다. 여성 위인은 과학자 마리 퀴리 정도였던 것 같다. 차별적 목록에 둘러싸여 자라다 보니 위대함에 대한 인식이 왜곡됐다. 강대국의 백인 남성들이 새겨진 바위산의 조각상을 필요 이상으로 우러러보았다. 왜곡된 추앙은 자신을 낮잡아 보게 만든다. 스스로에게 혐오의 화살을 겨누게 하기도 한다. 그런 의미에서 차별금지법은 특정한 수혜자가 따로 있는 것이 아니며 우리 모두를 안전하게 지켜 준다. 약자의 지위에 놓일 가능성이 있다면 누구든지 존중하고 보호하는 법안이다.

2020년 서울시의 국어바르게쓰기위원회가 '드라이브 스루 검진' '워크 스루 검진'이라는 행정 용어를 '차타고 검진'과 '걸어서 검진'으로 바꾸자는 개정 권고안을 냈다. 말의 차별을 바로잡자는 제안이다. 실제로 '1세계 언어'의 유령을 걷어 내고 우리말을 되찾으니 행정 조치를 알리기도 편해졌다. 영어로 적혀 있을 때는 어떻게 검사를 받는 건지 어려워하던 시민들이 마음 놓고 보건소를 찾았다. 우리나라에서 우리말이 차별을 받는다니 말이 되느냐 하는 사람도 있겠지만 외국어를 섞어서 말하면 더 멋있어 보인다고 생각하는 언어의 사대주의자들이 아직도 적지 않다. 그들은 헛기침을 하면서 위대한 척하는 큰 바위 얼굴들을 찾아가 그 아래서 머리를 조아리느라 바쁘다. 그러면서 한편으로는 부지런히 차별의 대상을 찾는다. 혐오를 멈추려면 이러한 존재의 서열 구조, 큰 바위 얼굴의 잔상을 걷어 내야 한다. 차별이 금지된 사회는 곧 차별받지 않는 사회다. 모두가 행복할 가능성이 더 높은 세계다.

혼자가 되지 않도록

"이제부터 하는 이야기는 줄곧 비밀로 해 두었던 거예요. 그러니까 아무도 모릅니다. 여러분도 아무한테도 떠들어 대지 않도록 조심해야 돼요. 알겠지요?" 이야기는 이렇게 시작한다. 어느 날 갑자기 거인이 되어 버린 아이, 알렉산더의 이야기다. 그날 알렉산더의 누나와 형은 독감에 걸려서 자가 격리 중이었다. 그래서 그는 폭설이 내린 웨일스의 숲을 지나 먼 곳에 있는 학교까지 혼자 걸어가야 했다. 아니나 다를까 숲에서 길을 잃었다. 걷고 또 걸어도 어디가 어딘지 알 수 없었다.

"저 키 큰 나무들 위로 목을 내밀고 주위를 빙 둘러볼 수 있을 만큼 제 몸이 커진다면 얼마나 좋을까요? 그러면 어느 쪽으로 가야 할지 알겠지요?" 미아가 된 알렉산더는 살고 싶어서 간절하게 빌었다. 때마침 숲을 지나던 마법사가 그 소원을 듣는다. 마법사가 주문을 외운 것일까. 알렉산더는 무언가가 온몸을 콕콕 찌르는 것 같은 이상한 기분을 느낀다. 잠시 후 자신이 나무 위로 몸을 쑥 내밀고 우뚝 서 있다는 걸 알게 된다. 거인이 된 것이다.

프랑크 헤르만(Frank Herman)이 쓴 동화 『거인 앨릭스의 모험』(중앙일보 1979)에서 주인공 알렉산더는 성장의 시간을 훌쩍 뛰어넘어 버린 아이로 나온다. 알렉산더는 폭설에서 살아남은 그날 이후 가족과 함께 지낼 수 없었다. 키가 18미터나 되었기 때문이다. 바다 근처의 헌 창고를 빌려 독립한 알렉산더는 긴 팔과 다리로 갯벌에 빠진 배를 들어 올리는 일을 한다. 트래펄가 광장의 동상 꼭대기에 쌓인 새똥을 청소하는 일에 초빙되기도 한다. 거인 알렉산더는 이렇게 열심히 살아가면서도 언제나 자신처럼 갑자기 혼자가 되었을지 모를 어린이들의 삶을 걱정한다. 어린 친구들이 집에 놀러 오면 반드시 따뜻한 식사를 대접하는데, 거인답게 손이 커서 달걀 1,728개를 넣어 만든 초대형 푸딩을 내놓기도 한다.

이른 나이에 큰 시련을 만나고, 살아남기 위해서 어쩔수 없이 거인이 되어야 하는 어린이들이 있다. 동화에는 그런 거인-어린이들이 자주 등장한다. 김남중의 단편동화 「크로마뇽인은 동굴에서 산다」(『동화 없는 동화책』, 오승민 그림, 창비 2011)에는 어른이 없는 집에서 혹독한 추위와 싸우며 동생을 돌보는 어린 누나가 나온다. 어떤 사연이길래 아이들만 남아 있었을까. 배를 채울 만한 것도 없다. 견디고 견디던 누나는 결심한 듯 동생에게 말한다. "우리는 원시 시대에 살고 있는 거야. 춥고 배고프지만 우리에겐 동굴이 있어." 두 아이는 선사 시대 어른이라도 된 것처럼 멧돼지 사냥법과 요리법을 떠올리며 아득한 굶주림의 시간을 버틴다. 집에 온기를 간직한 것이라고는 딱 하나, 라이터가 있다. 망설이던 누나는 동생을 위해 라이터를 켠다. 크로마뇽인들처럼 불을 켤 줄 아는 누나는 동생의 눈에 자신을 지켜 주는 거인처럼 보였을 것이다. 겁먹은 누나는 짐짓 겁 없는 거인인 척하며 동생을 지키려고 안간힘을 쓴다.

그림책 『오빠와 손잡고』(웅진주니어 2020)에서 전미화 작가는 어린이에게 거인의 역할을 맡기는 사회를 단호하게 비판하며 믿음직한 어른은 도대체 어디에 있는가 묻는다. 이 책 속의 오빠는 동생을 위해서라면 무엇이든 한다. 접시에 누워 있는 구운 고등어도 벌떡 일어나 춤추게 할 수 있는 재치 있고 유쾌한 어린이다. 그러나 둘이서만 보내는 하루는 너무 길고 새벽에 일 나간 어른들은 언제 올지 모른다. 가끔 무서운 사람들이 들이닥치기도 한다. 그들이 궁금해하는 것은 땅과 돈의 안부다. 아슬아슬하게 지탱 중인 두 아이의 안전을 단번에 철거하겠다고 굴삭기를 앞세워 으르렁거린다. 이제 오빠는 목숨을 걸고 나이를 뛰어넘을 수밖에 없다. 빨리 어른이 되겠다고 동생을 보며 다짐한다. 어린이가 다른 어린이를 지키기 위해 어른도 아닌 거인 노릇을 하게 만드는 사회에서 아이들은 자신의 손을 잡아 줄 다른 손을 기다린다. 작은 두 손이 커다란 손을 기다린다.

심리학에 '부모화'(parentification)라는 용어가 있다. 자녀가 오히려 부모처럼 행동하도록 강요받는, 서로의 역할이 뒤바뀌는 상황을 말한다. 방치된 가운데 상상의 거인이라도 되어서 살아남으려고 애쓰는 어린이들은 동화 속에도 있고 가까운 이웃집의 모진 사정 속에도 있다. 그 집 아이들 참 고생하더니 그래도 의젓하게 잘 자랐다는 말은 얼마나 비겁한가. 동화 속의 거인 알렉산더는 폭설에서 살아남기 위해 소원을 빌다가 남보다 일찍 어른이 되어야 했다. 그는 자신과 같은 처지인 아이들의 목소리에 평생 동안 귀 기울이며 살아간다. 작은 아이였던 시절의 고통과 소원을 잊지 않는 것이다. 어린이들이 곳곳에 고립되어 있다면 그들이 혼자가 되지 않도록 우리가 구조대원이 되어야 한다. 깨닫고 움직이면 그때는 늦다.

눈을 감고 쓰는 용기

 '백일장'은 세대를 아우르는 낱말이다. 예로부터 단풍이 물든 가을이면 곳곳에서 백일장이 열렸다. 백일장(白日場)이라는 말에는 대낮에 글을 짓는다는 뜻이 있다. 『태종실록』에는 태종이 명륜당에서 유생들에게 문장을 겨루게 했던 것이 백일장의 시초라고 적혀 있다. 유시(酉時)의 첫째 시각인 오후 다섯 시 이전에 글쓰기를 마치고 돌아가게 했다는 것이다. 요즘도 '장원'(壯元) '차상'(次上) '차하'(次下) '참방'(參榜)같이 과거 제도에서 쓰인 옛 이름이 더러 남아 있고, 많은 백일장에서 손으로 글을 써서 제출하는 규정을 두고 있다. 어린이가 참가하는 백일장에서는 200자 원고지를 나누어 준다.

 초등학교 때 서울 거여동의 군부대에서 열린 국군의 날 백일장에 참가한 적이 있었다. 준비물은 김밥 도시락과 물, 연필과 지우개였다. 이른 아침부터 버스를 갈아타고 인솔하는 선생님을 따라 현장에 도착했더니 어린이들이 모여 있었다. 접수 번호에 따라 줄을 서는데 옆자리 아이가 "너는 어디서 왔냐? 그래, 너는 글을 좀 쓰냐?"라고 물었던 기억이 난다. 대답을 하지 않았다. 낯가림도 있었고, 빵모자를 쓴 작가라도 된 것처럼 근사한 대화를 나누자는 건가 싶어 좀 우습다고 생각했던 것 같다. 당시 시제는 '멋진 군인 아저씨'였다. 낙하산 축하 쇼를 본 뒤 잔디 운동장에 흩어져 앉았다. 푸른 하늘과 텅 빈 원고지를 번갈아 보면서 무엇을 써야 할까, 쓰는 일은 무엇일까, 작가는 날마다 지금의 나와 비슷한 기분일까, 이런 질문들을 입에 머금어 보았던 것 같다. 지나고 보니 그때는 1980년대 초, 군부 독재의 서슬이 퍼렇던 때다.

시간이 흘렀고, 작가가 되었다. 외환 위기 직후 2000년대 초반, 한 방송사가 주관한 전국어린이백일장의 심사에 참여했다. 시제는 '희망'이었다. 수많은 어린이가 참가했지만 글의 흐름은 크게 둘로 나뉘었다. 하나는 어서 외환 위기를 극복했으면 좋겠다는 현실적 희망이었고, 다른 한 갈래는 장래 희망 이야기였다. 최종심에서 심사 위원들은 뜻을 모아 1학년 어린이가 쓴 「손이 자라는 희망」이라는 글을 장원으로 뽑았다. 뭉툭한 연필심으로 꾸역꾸역 눌러쓴 그 글은 거제도에서도 한참 떨어진 조그만 섬에서 온 원고였다. 늦둥이인 글쓴이는 그물 양식 일을 하는 나이 많은 부모님과 셋이서 살고 있었다. 형과 누나가 셋 있는데 모두 커서 육지에 나갔다. 부모님은 바늘을 들고 그물을 수선할 때마다 그물에 생긴 제법 큰 구멍들을 놓치고 만다. 노안 때문이다.

곁에서 보던 글쓴이가 그물 수선을 돕겠다고 참견하면 부모님은 손이 자라고 나면 그때 하라며 한사코 물리친다. 그 말을 들을 때마다 글쓴이는 자신의 조그만 손을 들여다보면서 얼른 손이 크게 자라길 바란다고 생각한다는 이야기다.

지금도 생생히 기억나는 그 원고는 다섯 장쯤 되는 원고지 묶음에 빨간 테이프가 붙어 있는 데다 종이의 질과 색감이 제각각이었다. 예전에는 문방구에서 판매하는 원고지의 마지막 장에 늘 빨간 종이테이프가 붙어 있었다. 그 마지막 장들을 여기저기서 모아 제출한 것이다. 어떤 건 육지에 간 형이, 어떤 건 누나가 남기고 간 원고지였을 것이다. 시상식 날 부모님의 손을 잡고 서울에 온 장원 수상자는 새싹처럼 작았다. 호기심 가득한 복숭아처럼 얼굴이 달아올라 있었다. 그물 손질을 꿈꾸던 그의 손과 발은 그날 조금 더 자랐을 것이다.

어린이의 글쓰기는 감염병의 위기 속에서도 계속 이어졌다. 비대면 시대의 백일장은 어떻게 열렸을까. 2020년 새얼백일장에 어린이들의 글을 심사하러 갔다. 본래는 응모자가 다 함께 인천의 한 운동장에 모여서 시제를 받고 그 자리에서 글을 썼지만 코로나19로 인해 우편 공모하는 방식으로 바꾼 뒤였다. 글을 쓰는 일은 혼자 있으면 더 잘할 수 있는 일이기도 해서인지 응모자가 예상보다 많았다. 초등학교 3, 4학년의 시제는 '혼자' '마스크' '소곤소곤'이었다. 글에는 '거리 두기'를 하며 지내야 하는 어린이들의 갑갑한 분투가 담겨 있었다. 어떤 어린이는 학교에 가지 못하는 동안 혼자 물구나무를 익혀 척척 거꾸로 설 수 있는데 보여 줄 친구가 없다고 했다. 마스크를 잠시도 떼어 놓을 수 없듯, 동생도 곁에 두어야 안심이 된다는 언니의 글도 있었다.

글쓰기를 통한 연결은 곳곳에서 이어졌다. 같은 해 한국양성평등교육진흥원이 주최한 '청소년 성평등, 쓰고 그리다'라는 백일장 성격의 공모전에도 어린이와 청소년의 글이 차곡차곡 들어왔다. 혼자 지내는 나날에도 어린이들의 생각은 깊어 갔다. 2020년은 아동청소년들이 불법 성 착취 동영상의 핵심 피해자였다는 사실이 밝혀져 범인이 법정에 오른 해다. 이 과정을 날카롭게 지켜본 어린이와 청소년의 감정과 생각이 공모전 수상작에 담겨 있었다. 상처받고 부서진 마음들이 단단한 글이 되어 모이고 있으니 다행이라 느꼈다.

글을 쓰는 일은 눈을 감는 일과 비슷하다. 우리는 주사를 맞거나 울 때 눈을 감는다. 아픔이나 슬픔을 눈 뜨고 보려면 용감해야 되기 때문이다. 그런데 이상한 일이 있다. 어떤 아픔과 슬픔은 눈을 감았을 때 더 강렬하게 느껴지기도 한다. 아무에게도 눈물을 보여 주지 않으려고 이불을 뒤집어쓰고 눈을 감았다가 더욱 펑펑 운 경험이 있을 것이다. 우리는 눈 감는 마음으로 아픔을 품고 글을 쓴다. 눈을 감고 쓰면서 우리는 글자보다 선명한 내면의 슬픔에 집중하고, 보이지 않는 아픔, 감추어져 있던 진실을 문장으로 드러낸다. 두려움을 뚫고서 쓰고 또 쓴다. 사람들은 그 글을 읽으며 눈을 뜨고, 현실을 명징하게 보게 될 것이다. 글과 책은 그렇게 우리의 용감한 친구가 된다. 오늘도 눈을 감고 쓰는 용기를 내어 보자. 글쓰기는 가장 용맹한 연대다.

관상용 어린이가 자꾸 움직이면

스물네 시간 내 옆에 붙어 있으려고 하는 것, 아무리 밤이 깊어도 부르면 즉시 달려오는 것, 아침에는 침대, 저녁에는 비행기가 되는 걱정의 신, 이것은 무엇일까? 권정민의 그림책 『엄마 도감』(웅진주니어 2021)에 따르면 이 수수께끼의 답은 '엄마'다. 양육자의 관점에서 쓴 육아 일기에 더 익숙한 양육자들에게 이 그림책은 신선하고 놀랍다. 아기가 아기의 관점에서 양육자의 일거수일투족을 분석한 도감이기 때문이다. 아이를 한없이 사랑하면서도 정작 아이를 기르는 일에 미숙해 어쩔 줄 몰라 하는 어른의 속마음을 고스란히 들킨 기분이다.

권정민 작가는 물리학의 '상대성 이론'을 떠올리게 하는 독특한 작업을 이어 왔다. 상대성 이론은 시간과 공간에 관한 물리 이론으로, 관측자의 운동에 따라 시간의 흐름과 공간의 측정이 달라질 수 있다고 설명한다. 즉, 서로 다른 상대 속도로 움직이는 관측자들은 같은 사건에 대해 서로 다른 시간과 공간에서 일어난 것으로 측정한다는 것이다. 권정민 작가의 그림책 『지혜로운 멧돼지가 되기 위한 지침서』(보름 2016), 『이상한 나라의 그림 사전』(문학과지성사 2020), 『엄마 도감』의 제목에는 각각 '지침서' '사전' '도감'이라는 말이 있다. 그만큼 객관적 서술을 특징으로 하는데 책 속의 관측자이자 서술자로 동물과 어린이가 등장한다. 『우리는 당신에 대해 조금 알고 있습니다』(문학동네 2019)의 관측자는 다름 아닌 식물이다. 이 책들 덕분에 우리는 멧돼지의 운동 속도를 기준으로 청계천의 흐름을 바라보거나, 인간이 목줄을 한 상태에서 강아지 주인의 속도에 이끌려 허겁지겁 기어가는 장면을 사실처럼 목격할 수 있다. 『지혜로운 멧돼지가 되기 위한 지침서』에서 주인공인 멧돼지들은 청계천이 있는 서울 도심까지 내려온다. 개발 사업으로 본래 살던 산이 파헤쳐지고 현란한 분양권 거래가 시작되었기 때문이다. 멧돼지들은 에드워드 호퍼의 그림 「밤을 지새우는 사람들」(1942) 속 배경과 닮은, 어느 레스토랑 창문 앞에서 사람의 먹이가 된 자신의 몸을 들여다본다. 『이상한 나라의 그림 사전』은 한층 더 서늘하다. 작가는 인간과 동물이 서로 자리를 바꾸게 하고 동물의 시선으로 사전을 다시 쓴다. 이를테면 개가 인간에게 목줄을 씌우고 산책을 시키는 모습을 그린 그림 옆에 쓰인 설명은 이렇다. "산책. 여유를 즐기며 천천히 걷는 일. 일행이 앞서 나갈 경우 줄을 잡아당겨 거리를 조절한다." 낱말의 의미를 재배열해서 인간 중심의 시공간을 다시

정의하는 작가의 시선이 날카롭다.

　　권정민 작가처럼 시공간을 상대적으로 봐야겠다고 결심하게 만드는 뉴스들이 있다. 예를 들면 어린이의 '등굣길'은 위험하다고 제멋대로 생각하고 어린이의 시공간을 침해하려는 이들의 주장 같은 것이다. 현행법에 따르면 학교 앞 도로에서는 차량의 시속을 30킬로미터 이내로 줄여야 하는데 이것은 쌩쌩 달리는 차량 입장에서 번거로운 일이다. 이 참에 어린이 보호 구역에 적용되는 교통 규칙을 없애 버리면 운전자가 단속이나 처벌을 받을 가능성이 줄어든다. 그러니 어린이 보호 구역 자체를 대폭 줄이거나 없애자는 이들이 있다. 이런 분들은 공간을 바라보는 시야도 남다르다. 초등학교 위에 집짓기를 제안한다. 재개발과 재건축 초과 이익을 다투지 않고도 신축 아파트를 공급할 수 있다는 것이다. 그들은 초등학교를 '직주 근접'이 아니라 '주학 근접', 즉 주거지와 학교가 초근접한 환경을 이룰 수 있는 황금 같은 택지로 바라보는 혜안을 지녔다. 요즘 초등학교를 '품은' 집의 가격이 오른다는데 초등학교를 '깔고 앉은' 아파트 단지라면 얼마나 인기가 드높을 것인가. 가뜩이나 시끄러워서 눈과 귀에 거슬리는 아이들은 건물 안에서 움직일 테고, 길에 나올 일이 드물어질 것이니 어른들의 골칫거리는 크게 줄어든다. 역시 세상에는 앞서가는 사람들이 많다.

　　어린이에게 등굣길이란 무엇인가? 어린이 관측자를 모셨다고 생각하고 다시 질문하며 정의를 내려 보겠다. 학교 가는 길은 집채만 한 과속 차량을 만날까 봐 담벼락에 바짝 붙어 걷는 두려운 길이어서는 안 된다. 안전만 확보된다면 등굣길은 웃을 일이 꼬리에 꼬리를 무는 명랑한 길이다. 길 고양이가 화단 안쪽에 밤새 새끼를 낳은 안타까운 길이며 개미들이 바닥에 떨어진 비닐봉지 사이로 빵 부스러기를 들어 옮기는 신기한 길이다. 소낙비가 흠뻑 내리고 저 멀리 무지개라도 떴다면 어떨까. 짝이랑 손잡고 하늘이 잘 보이는 골목 모퉁이에서 한참 멈춰 서 있게 되는 길이다. 존 버닝햄(John Burningham)은 그림책 『지각대장 존』(비룡소 1995)에서 등교하는 어린이가 경험하는 시간과 공간을 다룬 바 있다. 주인공 존은 학교에 지각하지 않기 위해 서둘러 걷는다. 하지만 가다 보면 날마다 덤불이며 하수구 등에서 잠시라도 보고 가지 않을 수 없는 재미있는 일들이 일어난다. 교장 선생님은 존에게 호통을 치면서 400번이든 500번이든 반성문을 쓰라고 명령한다. 이 그림책의 원제는 『존, 언제나 늦는 아이』(*John Patrick Norman Mchennessy; The Boy Who Was Always Late*)인데, 여기서 '언제나'라는 말과 '늦는'이라는 말은 어른 관측자의 인식을 기준으로 삼은 것이다.

　이익을 견주는 현장에서는 어김없이 약삭빠른 돈의 말들이 떠다닌다. 돈의 발화에 짓눌려 약자의 삶은 종종 거래의 대상이 된다. 이걸 줄 테니 저걸 달라는 탁한 목소리에 휘둘리기 쉽다. 어린이는 경제적 권리도 정치적 투표권도 없는 약자다. 그러나 어린이를 놓고서는 어떤 거래도 벌이지 말기 바란다. 어린이는 어른의 기분을 달래기 위한 관상용 식물이 아니며 장기 투자 펀드도, 인간 보험도 아니다. 학교는 그들에게 남겨진 거의 마지막으로 안전한 공간이다. 우리가 더 널리 분양해야 하는 것은 어린이의 안전을 생각하는 마음이다.

어린이의 집필실

어린이의 시간은 현재형이다. "어린이는 나중에 커서 놀면 되니까 지금은 공부를 해야지."라는 말은 소용없다. 지금 안 놀면 놀 수 없다. 내일의 어린이를 기대하기에 앞서 현재의 어린이를 놓치지 않아야 한다. 그런데 사회의 기준 속도가 너무 빠르면 지금의 어린이는 위험해진다. 2023년 2월 23일 헌법재판소는 '특정범죄 가중처벌 등에 관한 법률' 제5조의 13항에 대해 합헌이라고 결정했다. 이 법은 2019년 충남 아산의 한 어린이 보호 구역에서 교통사고로 세상을 떠난 김민식 어린이의 죽음 이후 마련된 법이다. 어린이의 안전한 보행을 위해 사회가 특정 구간에서 기준 속도를 낮추기로 합의한 것이다. 이제 어린이는 학교와 어린이집 앞에서만이라도 자신들의 속도를 존중받게 되었다. 헌법재판소는 8대 1로 겁에 질린 작은 얼굴들의 손을 들어 주었다. 최소한의 반딧불을 켜서 어린이들의 안전장치 하나를 마련한 셈이다.

팬데믹 전후에 태어난 어린이들은 한동안 밖에서 뛰어노는 법 자체를 잘 몰랐다. 두 다리는 언제 빠르게 움직이면 좋은지 빗물은 어떻게 내려와 내 손바닥을 간지럽히는지, 나무를 꼭 안았을 때 얼마만큼 그 몸통이 따듯한지 알 기회가 없었다. 아이들이 차가 다니는 길을 유난히 사랑해서 찻길에서 노는 게 아니다. 아이들은 찻길이 아니라 놀이터와 공원을 원한다. 베아트리체 알레마냐(Beatrice Alemagna)가 그림을 그린 그림책 『우리는 공원에 간다』(사라 스트리스베리 글, 롭 2023)를 보면 어린이들의 솔직한 마음이 나온다. 아이들은 버스가 달리고 기중기가 버티고 선 죽죽 뻗은 도로를 정말 싫어한다고 말한다. 그곳에 있는 모든 것들은 너무 거대해서 자신들과 하나도 맞지 않는다는 것이다. 그들은 자연을 만날 수 있는 공원을 사랑한다. 공원에서는 "비가 내리면 꽃들이 비를 가려 준다. 어떤 꽃은 우리 머리만 하다."라고 자랑한다. 어린이 공간은 어린이의 작은 몸을 이해해야 하고 어린이 마음의 너비를 감당해야 한다. 책 속에서 어린이가 공원에 가고 싶다고 하면 어른들은 다음에 가자고 대답한다. 그러자 아이는 어른들이 말하는 그 나중이 몇 광년 뒤가 될 수도 있는데 괜찮겠느냐고 묻는다. 그렇게 우리와 한 약속을 미루다가는 노란 비옷을 입은 아이는 나무 사이로 사라지고 흐릿한 번개 냄새만 덩그러니 남을 거라고 경고한다. 개발 이익에 사로잡힌 도시는 어린이의 공간을 뻔뻔스럽게 잠식한다. 돈을 벌면 그다음에 어린이를 위해서 뭘 해 주겠다고 하지만 도시의 호언장담은 믿지 않는다. 이미 배반의 이력이 넘치도록 많이 있기 때문이다. 그럼에도 방법이 없는 건 아니다. 주위를 둘러보면 드물지만 맑고 경쾌한 가능성들이 있다.

도서문화재단 씨앗이 감수하고 소개한 『이렇게까지 아름다운, 아이들을 위한 세계의 공간』(국제청소년글쓰기센터연맹 지음, 미메시스 2023)이라는 책을 읽었다. 여기 나오는 어린이 공간들은 품위 있고 안전하다. 미국 샌프란시스코에 아동청소년 글쓰기 센터 '해적 상점'(Pirate Supply Store)을 연 비영리 단체 '826내셔널'의 데이브 에거스는 그동안 어린이 공간 대부분이 아이들의 존재를 기쁘게 환대하기 위해서가 아니라 견디기 위해 디자인되었다고 비판하며, 어린이에게는 지나칠 정도로 아름다운 곳에서 불필요하게 아름다운 것에 둘러싸여 보는 경험이 꼭 필요하다고 말한다. 그가 시작한 공간 실험은 지역 어린이들의 삶을 바꿔 놓았다. 아이들은 학교가 끝나면 번뜩이는 금이빨과 괴혈병 약을 파는 해방 공간에 거리낌 없이 들어온다. 삐걱거리는 나무 사다리에 걸터앉아 자신의 오늘을 기록한다.

영국 로더럼에 있는 어린이 글쓰기 공간 '그림 상회'

(Grimm & Co)는 "이야기라는 목적지로 가기 전에 환상의 서막을 제공하는 약방"이다. 이곳에서는 '실망'을 담은 깡통을 판다. 불만 50퍼센트와 무관심, 소량의 좌절감도 같이 들어 있다. 이곳에 들른 어린이가 작가가 되지 않기란 어려울 것이다. 스웨덴 스톡홀름에 있는 '외계인 슈퍼마켓'(Berättarministeriet)의 설계자는 어린이 공간의 필수 조건으로 '안전한 느낌'을 꼽는다. 여기서 인기 있는 물건은 다리가 세 개인 바지다. 미국 텍사스주 오스틴에 있는 '오스틴 박쥐 동굴'(Austin Bat Cave)도 재미있다. 버스를 개조한 어린이 글쓰기 공간인데 11제곱미터 남짓의 마법 같은 집필실이다. 우리에게도 비슷한 곳이 있었다. 원주 토지문학관 마당에 있던 '그림책 버스'다. 이 버스는 지역민들의 노력에 힘입어 문화 예술 단체 '원주시그림책센터 일상예술'로 발전했다. 그림책을 활용해 생활 속 예술을 구현하고 향유하는 여러 활동을 펼치며 시민 문화의 구심점이 되었다. 어린이가 참여하는 프로젝트는 물론 어린이의 시선으로 세계를 보도록 돕는 프로젝트가 많다.

우리 어린이들에게 안전한 시간과 공간이 주어지면 그들은 무엇을 할까. 놀고 이야기를 하고 글을 쓸 것이다. 글은

매일을 더 잘 살아가게 하는 힘을 준다. 어린이에게 공원을, 종이와 연필을, 작업실을 주고 그곳에서 모든 어린이가 작가가 되어 보았으면 좋겠다. 진짜 자신의 삶을 쓰는 작가가.

토끼풀꽃 시계는 언제나 다섯 시 십 분

토끼풀은 콩과에 속하는 식물이다. 예전부터 반지와 시계는 어른들만 가질 수 있는 귀한 물건이었고 결혼을 할 때 주고받을 정도로 고가의 물품이었다. 하루 빨리 어른이 되고 싶어 안달하던 어린이들은 자신만의 반지와 시계가 갖고 싶었다. 그럴 때 여름이면 지천에 피는 토끼풀이 쓸모가 있었다. 통통한 토끼풀의 꽃을 엮어서 손목이나 손가락에 차면 제법 그럴듯해 보였다.

1979년에 발표된 오정희의 소설 「비어 있는 들」(『유년의 뜰』, 문학과지성사 1998; 개정판 2017)에는 토끼풀꽃 시계를 차고 노는 아이에게 엄마가 시간을 묻는 장면이 나온다. "몇 시예요?" 그러자 아이는 손목을 들여다보면서 자신 있게 "다섯 시 십 분입니다."라고 대답한다. 엄마가 몇 번을 되풀이해 물어봐도 똑같이 말한다. 다섯 시 십 분은 아이에게 어떤 시간일까. "만사 제쳐 놓고 텔레비전 앞에 매달리는 초능력의 로봇 만화 영화가 시작되는 시간"이다. 아이의 토끼풀 시계 속 시간은 언제나 다섯 시 십 분이다.

어른에게는 스물네 시간이 자신의 것이지만 어린이는 그렇지 않다. 늦기 전에 잠자리에 들어야 하고 정해진 시간 안에 밥을 척척 먹지 않으면 밥상 앞에서 딴청을 피운다고 혼난다. 어른들은 어린이가 몹시 중요한 일에 몰두하는 중일 때에도 상황을 살피지 않은 채 이름을 부른다. 당장 오라고 불러 대면서 애들이 뭐가 바쁠 일이 있느냐고 한다. 필리파 피어스(Philippa Pearce)는 일찌감치 그런 어린이의 마음을 읽은 작가다. 동화 『한밤중 톰의 정원에서』(강상훈 그림, 창비 2001)를 통해 어린이의 시간을 길게 늘여 놓은 뒤 문밖에 그들만을 위한 드넓은 환상 공간을 만들어 준다. 주인공 톰은 홍역의 대유행을 피해 낯선 이모 집으로 피신 온 아이였다. 그는 새벽 한 시가 되면 이모 집 거실의 괘종시계가 열세 번 울린다는 것을 알게 된다. 어디에도 없는 기묘한 시간이 열리고 톰은 그 안에 감춰진 미지의 공간을 발견한다. 그날 이후 밤마다 톰의 모험이 시작된다. 어린이들은 이 작품을 읽으며 시간의 해방을 경험한다. 아무리 오래 머물러도 현실에서는 시간이 흐르지 않는 꿈같은 자유를 누린다. 밤이니까 애들은 잠이나 자라는 잔소리 따위는 없는 한밤의 푸른 정원에서 마음껏 논다.

어린이에게는 어린이의 시간 감각이 있다. 그들의 속도를 배려하는 것이 중요하다. 바람직한 공동체라면 어린이가 자신만의 시간이라고 느끼는 놀이 시간을 존중하고, 놀이터나 어린이 도서관 같은 별도 공간을 마련하면서 어린이를 위한 전용 공간을 보장하고 있다. 우리 사회도 그렇다. 유치원이나 학교 앞에 설치하는 횡단보도는 어린이의 보행 속도를 고려해서 보행 신호 시간을 연장해 적용한다. 일반 도로에서 24미터 횡단보도의 초록불 신호는 31초지만 어린이 보호 구역의 초록불 신호는 37초로, 6초가 더 길다. 그 밖에도 어린이를 위한 시공간이 얼마나 잘 마련되어 있는지를 살펴보면 해당 사회가 합의한 어린이 인권 수준을 알 수 있다.

어린이가 머무르는 가상의 시공간인 미디어 환경은 어떨까. 예전에는 '어린이 시간'이라는 것이 정해져 있었다. 저녁 여섯 시 전에는 어린이를 위한 방송 프로그램이 학교와 학원에서 돌아온 아이들을 맞이했다. 지금은 방송 시간표라는 것이 무의미할 정도로 다양한 채널과 플랫폼이 열렸지만 아직도 공영 방송들은 전통적인 어린이 프로그램 시간대를 부분적으로 유지하고 있다. 토끼풀꽃 시계를 보며 '다섯 시 십 분'을 기다리는 어린이의 마음을 소중히 지켜 주고 싶은 것이다. 「TV유치원」(1982~)과 「딩동댕 유치원」(1981~)은 1980년대부터 이어져 온, 대표적인 어린이의 시간이다. 어린이들은 미디어 안에 자신들을 위한 시간이 있다는 것에 환호하며 익숙한 캐릭터나 로고만 보여도 함박웃음을 짓는다.

EBS의 유튜브 프로그램 「딩동댕 대학교」(2021~23)는 어린이 프로그램 「딩동댕 유치원」의 캐릭터와 포맷을 그대로 가져온 성인 예능이다. 어린이에게 친숙한 인형들이 둘러앉아 성인의 고민을 상담한다. 어린이들은 '딩동댕'이라는 검색어를 사용하다 자연스럽게 이 프로그램과 마주친다. 성 상담 등을 다루는 회차에는 시청 제한이 걸려 있으나 지금은 삭제된 '틀니 길만 걸으면 안 되니까'(2021.8.3.) 같은 에피소드는 어린이도 시청할 수 있도록 열려 있었다. 걸러지지 않은 거친 표현이 등장한다. 그러나 '딩동댕'을 검색한 어린이들은 이 프로그램을 자신들을 위해 만들어진 것으로 인지할 가능성이 높다. 알고리즘에 의해 움직이는 미디어 환경에서는 어린이가 사랑하는 포맷을 어른용 콘텐츠에 사용하는 일에 신중해야 하는 이유다. 어린이를 위해 만든 게 아니니까 그 안에 어떤 내용을 담아도 상관없다고 말하는 건 공영 방송으로서 무책임한 태도다. 어렵게 지켜 온 어린이의 시간 한 줌을 굳이 빼앗아 가지고야 말겠다는 자칭 '어른이'들의 욕심은 어디까지 갈까. 이러다가는 '어린이' 대신 '어른이'가 검색어 목록의 상위를 차지할 판국이다. 화자의 어법과 표현, 태도 모두 어린이의 것임에 분명한데도 그것을 어른의 것이라고 주장하는 경우가 늘어나고 있다. 어른의 예능은 어른의 상상력으로 새롭게 만들기 바란다.

동심은 파괴와 친구가 아니다

어느 주말에 책방에 갔다가 산책 나온 개 잔디를 만났다. 잔디는 열세 살이고 사람이었다면 이미 할아버지가 되었을 나이다. 잔디는 책장을 한 바퀴 쓰윽 둘러보더니 이 정도는 다 안다는 듯이 시큰둥하게 앉아서 햇볕을 즐기기 시작했다. 잔디의 가족 중에는 동화작가가 있기 때문에 책 냄새는 익숙할 테다. 식구들이 출근하고 없을 때 그 책들을 탐독하고 있을지 그것도 알 수 없다. 잔디의 눈빛을 보고 있으면 어느 개보다도 다독가로 살았을 것 같은 내공이 느껴진다. 어쩌면 잔디는 개들만 돌려 읽는 비밀의 지면에 인간의 책 속 개의 삶에 대한 분석적 비평을 기고하는 중일지도 모르겠다.

그때 책방에 온 어느 아기 손님이 잔디 앞에 와서 섰다. 아기는 요즘 말을 배우기 시작한 참이라서 "이쪽!" "포도!" "두 살!" 정도의 간단한 표현만 쓸 줄 알지만 잔디를 부를 때는 "멍머!"라고 또렷하게 지칭했다. 그러자 잔디는 곧바로 아기를 바라보았다. 아기는 목젖이 보이도록 웃었고 강아지와 아기는 서로 눈인사를 나누었다. 할아버지 개 잔디는 그 책방 안의 어느 어른보다 이 아기를 그윽한 눈길로 바라보았다. 어린 손님을 정중하게 대우하고 있다는 것을 느낄 수 있었다. 이 장면에서도 느낄 수 있지만 대부분의 어린 아이는 동물을 사랑하고 동물은 어린아이를 만나면 짐작보다 너그럽다. 왜 그럴까?

나는 이것이 약자들 사이에 흐르는 마음의 문제라고 생각해 왔다. '우리는 다른 존재를 동등하게 생각하는가' '고통을 목격하면 얼마나 염려하는가' '나 아닌 이의 일로 어디까지 함께 슬픈가?' 같은 질문을 던졌을 때 어린이는 어른들과 약간 다른 마음의 결을 보여 준다고 느낀다. 어른이 잃어버린 낙원이나 순정한 천사들의 고향쯤으로 어린이의 마음을 칭송하자는 이야기가 아니다. 격동 속에 자라나는 어린이들은 어른과 마찬가지로 삶이 힘겹다. 저마다 다른 개별적 존재로서 세상과 맞서고 있다. 그러나 어린이를 한 명한 명 관찰하다 보면 그들에게는 어린이 시기를 통과하고 있기 때문에 발현되는, 남다른 재능이 있다는 것을 종종 느낀다.

어린이 마음의 고유한 특징이 있다면 무엇일까. 어린이는 바꾸기에 소질이 있다. 루시드 폴이 2009년 「문수의 비밀」이라는 노래를 발표했을 때, 듣자마자 이 곡은 어린이들이 사랑하는 노래가 될 수 있겠다고 짐작했다. 노래 속에서 반려견 문수는 자신을 길러 주는 아빠가 없을 때 텔레비전도 보고 파인애플도 꺼내 먹으면서 빈자리를 마음껏 누린다. "당신들만 재미있게 지낼 것이냐, 어디 우리 한번 바꿔서 해 보자!"라는 강아지 문수의 마음은 어린이의 마음과 같다.

2021년 김동수 작가는 이 노랫말에 그림을 그린 그림책 『문수의 비밀』(창비)을 냈는데, 여기서 강아지 문수는 확실하게 서사의 중심을 차지한다. 이 책에서 사람들의 눈에는 눈동자가 없지만 강아지와 다람쥐, 비둘기에게는 반드시 눈동자가 그려져 있다. 현실에서는 약자인 동물들이 상상의 놀이에 들어서면 표정과 시선의 생동감을 되찾고 세계의 능동적 주체가 된다. 어린이가 좋아하는 서사는 이렇게 서열을 뒤집는, 전복적인 서사다. 놀이에서나 이야기에서나 부당한 권력에 자신을 내주는 내용은 아이들에게 환영받지 않는다. 어린이는 모험으로 기존 권력을 무너뜨리는 전복적인 순간을 사랑한다. 어린이는 '내가 다른 존재라면 어떨까 상상하기' 부문의 최강 실력자일 것이다.

어린이의 '입장 바꾸기' 재능은 마음의 영역에서 더욱 뛰어나게 발휘되곤 한다. 동심이라는 것이 존재한다면 그것은 저 고양이도 나만큼 아플 거라는 짐작, 내 친구도 나만큼 슬플 거라는 안타까움 속에서 발견될 것이다. 다른 존재의 서러움이나 아픔 앞에서 "괜찮아?"라고 묻는, 그 순간의 진심을 겨룬다면 우리는 어린이를 이기지 못한다. 어린이들은 여러 놀이를 하면서 이기기도 지기도 하지만 공감의 놀이만큼은 언제나 아픈 상대에게 져 주려고 애쓴다. 그들의 모험은 수많은 져 주기를 통해 그들 모두가 이기는 세계를 향한다. 어른들과 크게 다른 대목이다. 다행스러운 것은 이 모든 것이 놀이이기 때문에 세상보다는 안전하다는 것이다. 어린이는 그 안전한 사고 실험 속에서 공감으로 이어진 공동의 승리가 얼마나 빛나는지 배운다. 긴장감 속에 온갖 모험에 뛰어들면서도 친구와 저릿저릿하게 마음이 통하던, 놀이터에서 느낀 그 잠깐의 경험을 잊지 못한다. 그렇게 남을 생각하는 사람으로 자라난다.

세계적으로 인기를 끈 유명한 한국 드라마 시리즈 안에서 우리나라의 전통놀이 등이 소재로 활용되고 대중 매체에 자주 인용되면서 놀이를 입에 올리는 사람이 늘었다. 그런데 그 탓일까. 어떤 놀이를 하다가 지면 죽는다는 농담도 우습게 오간다. 이왕 유서 깊은 놀이를 회상한다면 어린 시절 우리는 왜 놀이를 했는지, 어떤 마음으로 친구의 손을 꼭 잡았는지에 대해서 기억하는 일이 더 많았으면 좋겠다. 동심은 파괴와 친구가 아니며 굴종의 정당화를 싫어한다. 세계를 생성하는 방향에 서는 것을 기뻐하는 것이 어린이의 마음이다.

돌봄의 자전거 바퀴

가족 안에 어린아이가 있다는 말은 생활에 촘촘한 계획을 세우기 어렵다는 말과 비슷한 의미다. 통제할 수 없는 일이 수시로 생긴다. 아이의 감정과 몸의 상태는 그때그때 달라지기 때문에 어른들끼리 어떤 일을 도모할 때처럼 예측대로 진행되지는 않는다. 아이는 이해하기 힘든 이유로 종종 담벼락처럼 버티거나 운다. 달래다 보면 이삼십 분은 바로 지나가 버린다. 아이를 기르고 돌보는 일은 엉뚱한 곳으로 굴러가는 공을 잡을 때처럼 달리고 멈추고 앉고 일어서는, 밖에서 보기에는 어리석고 비효율적인 순간의 반복이다.

미카엘라 치리프(Micaela Chirif)와 호아킨 캄프(Joaquín Camp)의 그림책 『아기 달래기 대작전』(키다리 2023)은 한밤중 공동 주택에서 그치지 않고 우는 아기 엘리사와 그를 둘러싼 이웃들의 이야기다. 처음에 고양이처럼 가늘게 칭얼대던 아기는 이유를 알 수 없지만 소방차처럼 울부짖는다. 가족들은 어떻게든 아기를 달래려고 안간힘을 쓴다. 잠자리에 들던 이웃들이 참다못해 엘리사의 집으로 모여든다. 8층 아저씨는 이야기책, 2층 아주머니는 꽃다발을 들고 내려온다. 이들의 노력으로 아기가 조용해졌으면 좋았겠지만 이 그림책은 리얼리즘을 지향한다. 아기는 점점 더 크게 운다. 다들 출근 준비도 하지 못한 채 그대로 날이 밝아 버렸다. 끝내 울보 아기 엘리사를 잠재운 것은 동네에서 귀가 가장 어두운 사람이었다. 귀가 어둡기 때문에 아침이 되어서야 대소동을 알게 된 엘리사의 할머니다. 그는 아기의 두 발을 부드럽게 붙잡더니 자전거를 타는 것처럼 살살 움직인다. 아기는 호루라기 주전자 마흔두 개에서 물이 끓는 소리만큼 커다란 방귀를 뀌고 잠든다. 알고 보니 엘리사는 뱃속에 가스가 차서 아팠던 것이다.

이처럼 돌봄은 스토리가 있는 노동이다. 스토리는 상황 의존적이라서 "몇 시까지는 제가 참아 볼 테니 그 뒤로는 안 울게 해 주세요."라는 세련된 요청이 헛수고가 되기도 한다. "얼마면 될까요?"라며 돈으로 매끈하게 해결 가능하면 차라리 돈이라도 마련해 볼 텐데 그것도 아니다. 『사랑의 노동』(반비 2022)을 쓴 매들린 번팅(Madeleine Bunting)은 아이가 있으면 늘 사건이 생겼다고 육아하던 시기를 회상한다. 아기가 되었든, 아픈 노인이 되었든 돌보는 이가 시간을 목적 지향적으로 사용하지 못하게 만드는 것이 돌봄 상황의 특징이라는 것이다. 돌봄을 뜻하는 '케어'(care)라는 말은 '마음의 부담'을 뜻하는 고대 게르만어 '카라'(chara)에 어원을 두고 있다고 한다. 애초부터 누군가를 돌보는 일은 가볍고 산뜻한 기분으로 할 수가 없다는 얘기다.

돌봄은 공동체적이고 순환적이기도 하다. 이번에는 내가 돕지만 다음에는 내가 남의 돌봄을 받을 수 있다는 것은 중요한 원칙이다. 이 원칙을 기반으로 돌봄의 바퀴가 굴러야 사회가 움직인다. 그런데 요즘은 돌봄의 선순환을 막는 빈폴 가족(beanpole family)이 늘어나고 있다. 빈폴은 콩 넝쿨을 말한다. 사회학자 데이비드 핼펀(David Halpern)에 따르면 빈폴 가족이란 콩 넝쿨처럼 늘어진 가족이다. 형제자매가 적어 삼촌, 이모 등 옆으로 퍼지지는 않고 고령화로 인해 위아래로만 길게 늘어진 구조의 가족 형태다. 그는 핵가족 중심의 돌봄 시스템이 취약한 점을 염려한다. 콩 넝쿨 지지대가 바람 한번 불면 쓰러지듯이 언제든 무너질 수 있는 위험한 상태이기 때문이다.

다큐멘터리 영화 「나는 마을 방과후 교사입니다」(2023)는 하교 후 어린이를 돌보는 '도토리마을 방과후' 교사들과 그곳 어린이들의 일상을 담은 작품이다. 서울 성미산 마을에 사는 초등학생 예순 명이 다섯 명의 교사와 어울려 하교 후 저녁 전까지 몇 시간의 오후를 보낸다. 비대면 시대, 든든

한 돌봄의 기록이 뭉클하게 담겨 있는 작품이다. 작품은 양육자와 교사의 끝없는 회의 장면에 상당한 시간을 할애한다. 아이들을 기르다 보면 한두 사람이 알아서 결정할 수 없는 문제가 산처럼 쌓이기 때문이다. 이 장면들은 돌봄이 왜 한 마을의 과제인지를 잘 보여 준다.

돌봄 공백을 해결하겠다고 나서는 이들은 많다. 그러나 대부분의 대책은 몇 시간의 양적 연장을 말하는데 그친다. 그러나 실제 어린이를 돌보는 일은 시간만을 고려해 결정하기 힘든 여러 차원의 문제다. 수많은 불안 요소가 잠재된, 복잡한 의사 결정이 필요한 일이며 돌봄은 종합 예술에 가까운 공동의 배려가 깃들어야 하는 노동이다. 실제 어린이를 돌보는 일은 시간을 고려해 결정하기 힘들다. 수많은 불안 요소가 잠재된, 복잡한 의사 결정이 필요한 일이며 종합 예술에 가까운 공동의 노동이다.

영화에 등장한 어린이를 직접 볼 기회가 있었는데, 도토리마을 방과후에 다니면서 얻은 것을 묻자 "친구들과 재미있는 놀이를 많이 했다."라고 대답했다. 나는 이 영화를 보면서 지난 몇 년간 보기 어려웠던, 최고로 기분 좋은 아이들 얼굴을 만나 시름없이 웃었다. 그러나 영화가 끝난 후에도 계속 웃고 있을 수만은 없었다. 도토리마을 방과후의 돌봄 현실도 녹록하지 않다지만 대부분의 아이들은 그보다 훨씬 더 열악한 돌봄의 상황에 놓여 있기 때문이다. 게다가 학교나 다른 돌봄 기관의 아동 돌봄 노동자들이 처한 노동 조건은 다른 업계에 비해 개선의 속도가 한참 늦다. 돌봄은 사랑 없이 불가능한 노동이지만 사랑을 앞세워서 부탁해서는 안 되는 전문적인 노동이다. 허약해진 콩 줄기가 쓰러지기 전에, 우리들 각자가 8층 아저씨, 2층 아주머니가 되어서 돌봄의 자전거 바퀴를 함께 굴려야 할 때이다. 생물들이 사는 세계에서 아이들의 울음이 없는 고요한 밤은 환상이다. 혼자만 잠드는 편안한 밤은 원래 없다.

기억, 무대에 서다

얼마 전 점심시간, 동료들과 차를 타고 안산시청 근처에 짜장면을 먹으러 가는 길이었다. 문득 전에 그곳에서 A를 만나 4월 16일의 상황을 들었던 일이 떠올랐다. 한동안 드나들던 안산마음건강센터도 근처다. 안산마음건강센터는 세월호참사 피해자들을 위한 공간이다. 그 생각을 하다가 엉뚱한 곳에서 우회전을 해 버렸다. 동료들은 이 방향으로 가면 닭갈비 맛집이 있으니 그리로 가자고 했다. 도착해 보니 2015년에 연화 엄마를 만나러 왔던 병원 앞 식당이었다. 그 무렵 연화 엄마는 연화를 잃고 몸을 다쳐 병원에 입원해 있었다. 연화에 대해서 묻자 침대에서 몸을 일으키며 나에게 의자를 당겨 앉으라고 하고 따뜻한 물을 따라 주었다.

그날 연화 엄마는 연화가 만들어 준 매듭 팔찌를 차고 있었다. 연화는 가족들에게 생일 케이크를 구워 주는 솜씨 대장이었다. 네일 아티스트가 꿈이었는데 가장 좋아했던 네일 에나멜은 96번, '슈가젤리' 색깔이다. 몇 번에 걸쳐 연화 엄마를 만나고 돌아오는 길에 병원 근방에 있는 편의점에서는 연화의 절친한 친구 J를 만났다. J는 내게 연화와 친구들이 시화 공단에서 아르바이트하던 이야기를 들려줬다. 연화는 공부하는 학생이기도 했지만 꿈을 위해 부지런히 일해 돈을 모으는 미래의 네일 아티스트이기도 했다. 연화와 친구들은 방학이나 주말에 작은 공장에서 일을 했다. '밀착'이라는, 뜨거운 기계를 다루는 업무를 할 사람으로 그들 중에서도 손이 야무진 연화가 뽑혔는데 다들 부러워했다고 한다. 그 일을 할 때는 특수 모자를 쓰기 때문에 바깥의 욕설이 들리지 않는다. J는 공장 업무보다 어른들이 수없이 내뱉는 욕설이 더 힘들었다고 했다. 친구들끼리 "저 사람들도 집에 가면 우리 같은 딸이 있을 거 아니야."라고 말하면서 나중에 저런 어른이 되지 말자고 다짐했다고 했다. 나는 연화에 대한 이야기면 무엇이든지 수첩에 기록했다. 연화는 세월호참사의 희생자였고 J는 생존자, 나는 '4·16단원고약전작가단'의 '2학년 1반' 소속 작가였다.

약전은 '간략하게 줄여 쓴 전기'라는 뜻이다. 세월호참사 이후 별이 된 이들을 기리기 위해 소설가, 동화작가, 시인 등 139명의 작가가 모여 희생자들의 전기를 썼고 2016년에 『416 단원고 약전 짧은, 그리고 영원한』이라는 제목으로 전집(전 12권)을 출간했다. 가족, 어릴 적 친구, 단골 가게를 찾아다니며 취재를 하다 보니 안산 구석구석을 다녔고 김포나 서울 혜화에 갈 때도 있었다. 기억은 공동의 것이었다. 약전

작가들은 자신의 이름을 책에 넣지 않기로 했기에 이 무렵의 일은 함구하고 지냈다. 그러다가 2023년 어느 날 이메일 한 통을 받았다. 세월호 9주기를 앞두고 약전 작가들이 이름을 밝히고 앞에 나서 추모 영상을 촬영하면 어떻겠냐는 것이다. 조명이 화사한 곳에 가서 울지 않고 내가 듣고 기록한 연화와 수진이에 대해 말했다. 그들은 그렇게 생기 넘치는, 빛나는 사람이었기 때문이다.

비슷한 시기에 영화 「장기자랑」(2023)의 이소현 감독에게서 연락이 왔다. 극장 개봉 소식이었다. 「장기자랑」은 세월호참사 희생자 가족으로 구성된 극단 '노란리본'의 활동을 담은 다큐멘터리다. 주인공은 단원고 2학년 1반 애진 엄마, 3반 예진 엄마·윤민 엄마, 6반의 영만 엄마·순범 엄마, 7반의 동수 엄마·수인 엄마. 그중 동수 엄마 김도현 씨는 공학자가 되겠다던 아들이 남긴 로봇의 먼지를 닦으며 아픔을 달랜다. 그런 그에게 연극은 유족다워야 한다는 압박을 떨치고 일어서도록 도와주는 힘이다. 영화 속의 김순덕 씨는 1반 생존 학생 애진 엄마다. 애진의 담임은 고(故) 유니나 선생님이었다. 당시 스물일곱 살이었던 선생님은 5층 객실에 있다가 아래층으로 뛰어가 학생 열아홉 명을 탈출시키고 세상을 떠났다. 애진이는 지금 스물여섯 살, 그때의 유니나 선생님만큼 성장해 응급구조사가 되었다. 유아교육과를 가려다가 참사를 겪고 진로를 바꾼 그는 지금 경기도의 한 병원에 근무하며 다른 생명을 구하고 있다.

이렇게 기억들이 살고 있다. '울지 않기로 하면서' 살고 있다. 생존자로서 세월호참사를 기록한 책 『바람이 되어 살아낼게』(다른 2024)의 저자 유가영 씨는 2018년 생존자 친구들과 '운디드 힐러'라는 비영리 단체를 만들었다. '상처 입은 치유자'라는 의미다. '운디드 힐러'들은 재난 재해를 겪은 이들을 위로하기 위해 곳곳에서 행동하고 있다. 2학년 3반 은지 엄마·승희 엄마·지현 엄마는 2023년 대구국제마라톤에 참가해 '리멤버 0416' 팀으로서 거리를 달렸다. 이들이 활짝 피어나기를 바란다. 더 많은 이들이 영화 「장기자랑」을 보았으면 좋겠다. 유족다움은 없다. 그리고 우리에게는 고통에 공감하고 진실을 밝힐 의무가 있다.

고요라는 위대한 유산

　마음이 어지러울 때면 동요를 듣는다. 주위의 여러 사람이 1984년 제2회 MBC 창작동요제 수상곡인 「노을」을 들어 보라고 추천해 주었다. 이 노래를 부른 권진숙 어린이는 당시 경기 평택에서 초등학교를 다니고 있었다. 평택은 서해와 맞닿아 있고 평야가 드넓어 고운 노을을 볼 수 있는 곳이다. 이 노래를 듣고 있으면 가을바람이 머무르고 지나가는 풍경과 허수아비가 들판에서 넉넉하게 웃음 짓는 모습이 떠오른다.

　우리에게는 얼마만큼의 소리가 필요한가? 소리 과잉의 시대를 살면서 여기저기에서 소리 때문에 다투는 장면을 자주 본다. 옛날에도 생활 소음은 많았겠고 어쩌면 더 시끌벅적했을 것이다. 동요 「노을」과 같은 해에 발표된 '노래를 찾는 사람들'의 노래 「일요일이 다 가는 소리」 가사를 보면 '엿장수가 아이들을 부르는 소리'나 '가게 아줌마가 동전을 세는 소리'가 나오는데 지금은 거의 사라졌다. 그 대신 신경을 자극하는 새로운 알림음들이 대폭 늘어났다. 곧바로 확인해야 하는 문자와 메일 수신음, 분초를 다투는 교통수단의 안내 방송, 재난 문자 경고음이 쉼 없이 울린다. 거리의 사람들은 통화를 하며 걷고 싸우고 협상한다. 소리의 아수라장 속에서 물건을 더 팔기 위한 호객의 소음이 쏟아진다. 온종일 데시벨 경쟁을 듣다가 귀가하는 사람들 마음에는 소리에 대한 화가 쌓인다. 그 울화는 집 안에 흐르는 작은 소리도 견딜 수 없게 만든다. 화난 귀에 둘러싸여 어린이가 자란다.

　어린이를 둘러싼 소음에 대해서 생각해 보자. 그림책 『할머니의 뜰에서』(조던 스콧 글, 시드니 스미스 그림, 책읽는곰 2023)를 보면 주인공 어린이는 바쁜 부모를 대신해 자신을 돌봐 주는 할머니 집에서 시간을 보낸다. 할머니는 폴란드계 이주민이고 영어에 서툴다. 따라서 두 사람의 소통은 조용히 이루어진다. 할머니에게 속마음을 전하고 싶을 때 아이는 그림을 그려서 보여 준다. 할머니는 그릇 밖에 음식이 떨어지면 기도하듯 입을 맞추고 다시 건네준다. 먹어도 괜찮다는 뜻과 손자를 향한 사랑을 몸짓으로 전한다. 함께 폭우 속 아스팔트 위의 지렁이를 구조하러 갈 때도 마찬가지다. 왜 이런 일을 하느냐고 묻는 손자에게 할머니는 아이의 손금을 쓰다듬으며 실천의 이유를 전한다. 덕분에 아이는 빗방울 같은 자연의 소리에 더욱 귀 기울이는 사람이 된다.

　어린이를 키우기에 지금 이 세계는 너무 시끄럽지 않은가. 정작 들어야 할 신호를 놓치는 건 아닌가. 미국의 일러스트레이터 엘에이 존슨(LA Johnson)은 2023년 5월 24일 미국 공영 방송 NPR에 기고한 「조금 더 많은 고요함은 어떻게 어린이의 성장을 돕는가?」(*How a little More Silence in Children's Lives Helps Them Grow?*)라는 글에서 소음으로부터 아이들을 보호하자고 말한다. 그가 인용한 신경생물학자 니나 크라우스(Nina Kraus)에 따르면 어린이의 뇌가 어떤 소리에 둘러싸여 있는가는 영양 공급의 문제만큼 중요하다. 세상이 지금보다 훨씬 더 조용했을 때 우리의 뇌는 나뭇잎의 바스락거림에도 주의를 기울였지만 지금은 그런 소리를 잘 듣지 못한다. 우리의 뇌는 도시의 온갖 소음 속에서 초과 근무를 하는 셈이라는 것이다. 이는 기후 위기 시대, 후속 세대의 생존과 직결된 문제이기도 하다. 엘에이 존슨은 어린이를 조금 더 넉넉한 침묵 속에서 키우자고 제안하면서 세계적으로 사라져 가고 있는 조용한 장소들을 찾아 목록을 만들자고 말한다. 존슨이 예로 든 미국의 한 초등학교는 어린이를 갑작스러운 소리의 공격에서 지키기 위해 교내 안내 방송을 최소한으로 운영한다. 어떤 교사들은 비장애인 어린이의 교실에서도 몇 가지 약속들은 수어를 사용해 지도한다. 침묵을 가르치는 것이다. 시냇물 소리 같은 백색 소음으로 소리의 가변성을 줄여 주는 것도 좋고, 무엇보다 집에서는 가족 모두 휴대폰 알림을 끄고 정기적으로 도서관이나 공원 같은 조용한 곳을 찾아가 보라고 권한다.

침묵한다는 건 어린이가 스스로 도달하기엔 어려운 과제다. 하지만 노력한다면 그들을 더 넉넉한 고요 속에서 키울 수 있다. 우리 모두 고요를 물려줄 방법을 고민해 보면 좋겠다.

낙관주의의 천재들

요즘 내게 새로운 취미가 생겼다. 그것은 낙관주의자의 명단을 작성하는 것이다. 개인적으로 나를 아는 사람이라면 당신은 이미 취미가 많다고, 이제 더 이상 늘리지 말라고 말릴 것이다. 백번 맞는 말이다. 그렇지 않아도 호기심과 일을 잘 구분하지 못해 뒤죽박죽 별장처럼 살고 있는 나로서는 새로운 무언가를 하는 건 그것이 무엇이 되었든 사치다. 하지만 이번 취미는 너무 마음에 들어서 포기할 수가 없다. 회원권을 끊지 않아도 되며 지하철로 이동하는 틈이나 잠자리에 들기 전 몇 분간 누워서도 할 수 있는 일이다. 무엇보다 너무너무 뿌듯하다. 이제부터 최근 내 취미 활동의 결과를 자랑하고자 한다.

루트힐트 슈팡겐베르크(Ruthild Spangenberg)는 독일 베를린의 예술 서적 전문 서점 '뷔허보겐'(Bücherbogen)의 창업자이다. 서점 직원이었던 그는 1980년에 사비니 광장 고가 철로 밑의 유휴 공간을 임대한 뒤 지금의 뷔허보겐 서점을 열었다. '뷔허'(Bücher)는 책, '보겐'(bogen)은 둥근 아치형 천장을 일컫는 건축 용어다. 트럭을 세워 두던 컴컴한 철로 아래에 서점을 낸다는 건 모험이었다. 역 철로를 따라 길게 만들어진 이 서점은 아치형 통로들이 다섯 개의 공간을 잇고 있다. 책을 보고 있으면 머리 위로 우당탕거리며 도시 철도가 지나간다. 독자가 원하는 책을 얼른 찾기가 어려운 것이 이 서점의 특징이다. 책을 특정 기준에 따라 분류하지 않고 그냥 쌓아 두거나 늘어놓기 때문이다. 그래서 손님들은 한참 동안 책을 찾는다. 한 시간 이상 머무르지 않으면 이 서점의 단골이 아니라는 말도 있다고 한다. 찾던 책을 끝내 못 찾고 엉뚱한 책을 사 들고 나가는 손님이 더 많은 날도 있다. 아무리 살펴도 찾는 책이 없다고 하면 슈팡겐베르크는 그 손님에게 절대 포기하지 말라고 하면서 근처의 다른 서점을 소개해 준다. 슈팡겐베르크는 언제나 책의 존재를 낙관한다. 원하는 책은 어딘가에 반드시 있을 것이니, 가능하면 많은 서점을 돌아보라고 권유한다.

두 번째 수집한 낙관주의자는 제천 기적의도서관에서 2012년부터 12년간 관장으로 일한 강정아다. 2000년대 후반 나는 국립어린이청소년도서관에 모여 정기적으로 사서 선생님들과 공부 모임을 했는데, 거기서 강정아 선생님을 만났다. 열정이 사람의 모습으로 태어나면 이런 모습이겠구나 생각했다. 항상 책과 어린이에 관한 재미있는 일을 궁리하고 있었다. 몇 가지 아이디어는 같이 실행에 옮겼는데, 그중

'어린이를 위한 인문학'이라는 프로그램이 기억난다. 열 살 남짓의 어린이들과 두꺼운 책을 탑처럼 쌓아 놓고 '우리 나름의 인문학'을 하면서 겨울 방학을 보냈다. 둥근 뻥튀기를 먹으면서 하이데거를, 반 고흐의 구두 그림을 이야기했다.

2013년 밴드 '언니네 이발관'의 이능룡, 싱어송라이터 임주연과 함께 그림책 음악 공연을 열었던 것도 잊을 수 없다. 한창 유행하던 록 페스티벌을 어린이 대상으로도 열어 줄 수 없을까 궁리했던 결과다. 강정아 선생님은 무엇을 제안하든 "도서관에서 안 될 게 뭐가 있어요?"라고 웃으며 말했다. 우리는 제천의 어린 시민들과 함께 이수지의 그림책 『검은 새』(길벗어린이 2007; 개정판 2023)를 읽고 '비틀스'의 노래 「블랙 버드」(Black Bird)를 불렀다. 스피커와 앰프도 빌려서 모니카 페트(Monika Feth)의 『행복한 청소부』(안토니 보라틴스키 그림, 풀빛 2000)를 읽고 아이들과 김광석 노래 「먼지가 되어」를 목청 높여 불렀다. '뷰티풀 제천 라이프'였다.

낙관주의자 수집이 왜 좋은 취미인가 하면 이 세상에 헛된 일은 없다는 믿음을 복원시켜 주기 때문이다. 세상을 헛되게 만들고 싶은 사람들은 낙관주의자를 싫어한다. 그들은 자신들의 이익과 무관하면 만사가 허사가 되게 하는 것이 목표인데, 낙관주의자들은 늘 그걸 의도치 않게 방해하니까 싫어하는 것이다. 책도 별로 좋아하지 않는다. 책이 있는 곳에는 반드시 낙관주의자의 결사체가 생기기 때문이다. 베를린까지 갈 수는 없고, 이번 주말에는 제천 기적의도서관에서 펴내는 소식지 『책도깨비』를 읽어야겠다. 거기서 어린이 낙관주의자들의 글을 읽어야겠다. 어린이들이 바로 낙관주의의 천재들이니까.

어느 용감한 작은 손에게

이 세상이 지켜 주지 못한 아이들은 여기를 떠나면 어디로 가게 될까. 험한 세상을 지키기 위해서 그 아이들이 되살아난다면 어떨까. 지난 십수 년 동안 우리는 곁에서 감쪽같이 사라져 버린 작고 빛나는 아이들에 대해서 끊임없이 생각했다. 전쟁도 아닌데 어린이와 죽음을 함께 떠올려야 한다는 사실이 믿기지 않는다. 그러나 지금 이 순간에도 새 생명이 태어나 자라고 있으며 그들의 미래가 절망이 되지 않게 하려면 우리에게는 어떤 강력한 희망이 필요하다.

아스트리드 린드그렌의 장편동화 『사자왕 형제의 모험』(일론 비클란드 그림, 창비 1983; 개정판 2015)은 그 희망을 증명하는 작품이다. 어리지만 사자왕처럼 용감한 요나탄과 칼 형제의 분투는 인간이 왜 끝까지 타인의 존재를 믿어야 하며 불의에 굴복하지 않고 세계를 구해야 하는지 해답을 보여 준다. 병약한 동생 칼은 혹시 생을 일찍 마치게 되더라도 행복한 나라 '낭기열라'에서 만나자는 형 요나탄의 약속에 의지하며 살아간다. 그런데 형제는 뜻밖의 사고를 겪게 되고 칼을 구하려던 형 요나탄이 먼저 목숨을 잃는다. 간절히 형을 그리던 칼은 눈처럼 새하얀 비둘기의 안내를 받아 형이 가 있는 '여기 말고 또 다른 곳', 낭기열라로 모험을 떠난다. 이 작품은 낭기열라에서 다시 만난 사자왕 형제가 벚나무 골짜기의 백성들과 힘을 합쳐 독재자 텡일에게 억압받는 들장미 골짜기의 백성들을 고통 속에서 구하는 이야기다.

『사자왕 형제의 모험』은 미지의 환상 세계에서 벌어지는 어린 형제의 처절한 싸움을 그리고 있지만 그들의 길은 눈부시도록 아름답고 구체적이다. 새벽안개에 휩싸인 고요한 벚나무 골짜기, 비둘기의 여왕 소피아 아줌마, '황금 수탉' 주막의 다정한 이웃들 모습이 눈에 선하도록 생생하게 그려진다. 현실 세계에서 언제 죽을지 모르는 아픈 아이라고 업신여김을 받던 칼은 낭기열라에 온 뒤 건강한 몸을 얻고 형을 지키기 위해 혼자 말에 오르는 용감한 사자왕이 된다. 요나탄은 위험해도 반드시 해내야 하는 일이 있다고 말한다. 편안하게 살면 안 되는 이유가 뭐냐고 묻는 동생에게 "사람답게 살고 싶어서지. 그렇지 않으면 쓰레기와 다를 게 없으니까."라고 말한다.

그러나 골짜기의 사람들은 쓰라린 슬픔을 안고 텅 빈 광장처럼 말없이 살아간다. 독재자에 대한 뿌리 깊은 두려움 때문이다. 이런 현실을 본 사자왕 형제는 영원한 밤을 향해 가는 것 같을지라도 들판의 모닥불처럼 살아가겠다고 결심한다. "자유에 대한 우리의 꿈은 자칫 부서져 버리기 쉬운 거야." 앞장서서 걷는 형은 아슬아슬한 길을 따르는 동생을 걱정하고 동생은 땅속 죽음의 나라에서라도 형과 함께 있겠다며 꼭 잡은 손을 놓지 않는다.

형제의 모험은 '과거의 산'과 '과거의 강'을 넘어 다 함께 서로 돕는 즐거운 세상으로 가기 위한 여정이다. 요나탄이 칼에게 묻는 "무섭지 않니?"라는 말은 작가가 독자에게 건네는 말이기도 하다. 온 목숨을 바쳐 동생을 지키는 요나탄과 숨이 꽉 막힐 정도로 겁이 나는데도 물러서지 않고 기어코 자신의 몫을 해내는 칼의 모습은 우리가 지켜야 할 것과 맞서야 하는 것이 무엇인지 생각하게 해 준다.

이 작품은 1973년에 스웨덴에서 출간되자마자 거센 반발을 불러일으켰다. 우선 어린이들에게 죽음에 관한 이야기는 너무 힘겹다는 것이다. 그러나 죽음이 모든 사람을 공평하게 기다린다는 것을 알게 되면 삶에 힘껏 도전할수 있는 용기와 위안을 얻는다. 이것은 어린이도 마찬가지다. 작가는 가까운 혈육을 잃고 산책을 나섰다가 빔메르뷔(Vimmerby)의 공동묘지에서 나이 어린 팔렌 형제의 묘비를 발견한다. 이들이 아마 좋은 나라로 떠나 그곳에서 멋진 삶을 이어 갔을 것이라는 작가의 예감은 『사자왕 형제의 모험』이라는 걸작의 모티프가 되었다. 낭기열라에서 사자왕 형제가 벌이는 모험은 평화주의자가 어디까지 악과 맞설 수 있는가에 대한 치열한 실험이면서 힘없는 사람들 사이에 강물처럼 흐르는 역사의 선한 의지를 입증하는 과정이기도 하다. 선한 자는 실패할 리 없고 잠시 주저앉더라도 그 뒤에는 낭길리마의 햇빛이 기다리고 있다는 것이 작가가 책 속에 담은 희망이다.

앞서 말했듯 아스트리드 린드그렌이 이 책을 처음 내놓았을 때 다양한 비판이 등장했다. 부당한 억압으로 가득한 세계를 바로잡는 어려운 일을 굳이 어린 형제의 손에 맡긴 이유가 무엇인가, 현실에서 낭기열라로, 낭기열라에서 낭길리마로 이어지는 죽음을 각오한 여행은 불교에서 말하는 윤회의 영향인가 등 어른 평론가들의 날선 질문이 꼬리를 물었지만 그보다 더욱 많이 답지했던 것은 어린이 독자들의 편지였다. 어린이들은 이렇게 물었다. "요나탄과 칼은 낭길리마에 잘 도착했겠죠?" 영원한 용기에 대해서, 끝없는 사랑에 대해서 어린이는 믿음을 버리지 않았던 것이다.

우리나라에 이 책이 처음 번역 출간된 것은 1983년이었다. 유학생 신분으로 잠시 스웨덴에 머물고 있던 역자 김경희는 1982년 1월, 스톡홀름 공원 모퉁이의 작은 아파트에 살고 있는 린드그렌 할머니를 찾아간다. 당시 일흔다섯 살의 그녀는 번역자를 친손녀처럼 안아 주면서 이렇게 말한다. "낯선 나라에서 온 이 유학생이 웬일인지 아주 가깝고도 낯익은 느낌이 드네요. 그 나라에도 내 이야기를 듣고 싶어 하는 어린이들이 있거든 내 대신 얼마든지 들려줘요."

독재자의 서슬이 퍼렇던 1983년 서울의 여름, 이 글을 쓰고 있는 나는 린드그렌의 이야기를 듣고 싶어 하는 한국의 한 어린이였고, 『사자왕 형제의 모험』을 읽고 펑펑 울었다. 어렴풋이 물정을 알 만한 나이였지만 낭기열라의 골짜기와 우리나라의 현실을 곧바로 대입하지는 못했던 것 같다. 그보다는 왜 나는 그토록 겁 많은 칼과 닮았는지, 나에게는 왜 요나탄 같은 형이 없는지, 끊임없이 울음을 터뜨리면서도 왜 이 어둡고 두려운 여행을 계속할 수밖에 없는지, 우리는 결국 들장미 골짜기를 구할 수 있을지 생각하면서 책 위에 한참 엎드려 있었다. 한 가지가 너무나 궁금했다. 요나탄과 동생 칼은 낭길리마에 잘 도착했는지. 그리고 이 한 권의 동화책은 지금까지 나의 삶을 중요한 순간마다 바꾸어

놓았다.

희망은 손을 놓지 않는 사람의 것이다. 무시무시하면서도 이루 말할 수 없이 아름다운 것이 생명이고 삶이라고 작가는 말한다. 가까운 지난날에도 눈앞에서 위기에 놓인 어린 손들을 여러 번 놓아 버린 어른으로서 지금 우리가 무슨 할 말이 있겠는가. 어린이에게 책을 권한다는 것조차 잔인하게 느껴지는 사회다. 그러나 어디선가 칼의 몸으로 요나탄의 꿈을 꾸며 웅크리고 울먹이는 어린이가 있다면 그 작은 손에, 그 손을 잡아야 할 또 다른 손에 건네주어야 할 것으로서 『사자왕 형제의 모험』만큼 정확한 선물은 없을 것이다.

추천의 글

김지은의 글을 읽기 전의 나는 모르는 것이 너무 많았다. 어린이문학이 무엇인지 설명할 줄도, 나 자신이 왜 이토록 동화와 동시를 사랑하는지조차 설명할 줄 몰랐다. 어떤 작품에 대해 빛으로만 말하면서 어두움마저 따뜻하게 드러낼 수 있다는 것을 몰랐다. 논리와 감상이, 철학과 사랑이 하나의 글에 모일 수 있다는 것도 몰랐다. 도대체 어떻게 살아야 이런 글을 쓸 수 있을까, 평소에 어디를 보면서 걸어야 이런 글을 쓸 수 있을까 궁금해서 애가 탈 지경이었다. 『어린이는 멀리 간다』에는 앞서가는 어린이에게 발자국을 포개고, 맨 뒤의 어린이 곁에서 나란히 걷는 김지은의 삶과 깊은 사유가 담겨 있다. 처음으로 다시 어린이가 되고 싶다는 생각을 해 보았다. 그러면 어디로든 얼마든지 멀리 갈 수 있을 테니까.

김소영 『어린이라는 세계』 저자

책의 서문을 다 읽기도 전에, 눈이 뜨거워졌다. 그림책을 만드는 나는 이 쓰디쓴 현실의 세상에 그저 '당의'만 입혀 온 건 아닐까, 되묻게 되었다. 하지만 이 질문은 나와 같은 작가에게만 해당되진 않을 것이다. 진심으로 '우리'가 올바른 방향으로 살아남기를 바란다면, 바로 지금!

우리 모두가 어린이에 대해 다시 생각하고 움직여야 한
다. 김지은의 글은 아이들에게 초시계만 들이대며 달리
게 하던 우리의 중심을 단단히 바로잡아 준다. 잊혀 가는
책의 무게를 상기시킨다. 『어린이는 멀리 간다』는 살아남
기를 바라는 우리 모두에게 절실하고도 소중한 책이다.

백희나 『달샤베트』『알사탕』 저자

어린이문학은 골목의 이야기다. 대로의 소음에 가려진
골목의 낮은 목소리들에 귀 기울여 그 마음의 일을 이야
기로 그려 내는 일이다. 김지은은 우리를 그 골목으로 인
도한다. 어린이의 목소리가 울리는 그곳, 그러니까 낮은
목소리도 또박또박 제 마음을 이야기할 수 있는 그 골목
으로 우리를 이끌어 어린이 곁의 빈자리를 발견하게 한
다. 그곳에서라면 기세등등한 대로의 소음에 가려 스스
로도 잊고 있던 마음 깊은 곳의 낮은 목소리도 들을 수 있
겠다. 오후의 햇살에 등을 기대고 앉아 마음을 나누는 그
조용한 어린이의 골목을 찾아가는 데 김지은의 목소리만
큼 미더운 지도는 더 없겠다.

이현 『푸른 사자 와니니』 저자

3부

─────────────────────────────────────

고요라는 위대한 유산 『경향신문』 2023.5.27.

낙관주의의 천재들 『경향신문』 2023.9.15.

어느 용감한 작은 손에게 『사자왕 형제의 모험』 알라딘 한정 리커버

　　판(2016) 수록

* 발표 당시의 제목과 달라진 경우도 있음을 밝혀 둔다.

이야기를 만든 책과 글

1부

단행본

이명애 『플라스틱 섬』, 상출판사 2014; 개정판 사계절 2025.

백온유 『유원』, 창비 2020.

김효은 『우리가 케이크를 먹는 방법』, 문학동네 2022.

미하엘 엔데 『끝없는 이야기』, 허수경 옮김, 비룡소 2003.

권정생 글, 정승각 그림 『강아지똥』, 길벗어린이 1996; 개정판 2017.

패트릭 네스 글, 짐 케이 그림 『몬스터 콜스』, 홍한별 옮김, 웅진주니어 2012.

김동수 『잘 가, 안녕』, 보림 2016.

필리프 잘베르 『밤비, 숲속의 삶』, 이세진 옮김, 웅진주니어 2021.

김해원 『나는 무늬』, 낮은산 2022.

조기현 『아빠의 아빠가 됐다』, 이매진 2019.

김소영 『어린이라는 세계』, 사계절 2020.

안녕달 『눈아이』, 창비 2021.

백희나 『연이와 버들 도령』, 책읽는곰 2022; 개정판 스토리보울 2024.

박지연 외 4인 『우리는 청소년-시민입니다』, 휴머니스트 2022.

아스트리드 린드그렌 글, 마리트 퇴른크비스트 그림 『어스름 나라에서』, 김라합 옮김, 창비 2022.

마리 오드 뮈라이유 글, 이방 포모 그림 『요정의 아이 샹슬랭』, 김예령 옮김, 문학과지성사 2002.

앤 카슨 『녹스』, 윤경희 옮김, 봄날의책 2022.

류재향 글, 김성라 그림 『우리에게 펭귄이란』, 위즈덤하우스 2022.

박규빈 『왜 안 보여요?』, 길벗어린이 2022.

랜돌프 칼데콧 『칼데콧 컬렉션』, 이종욱 옮김, 아일랜드 2014.

신문 기사

「어린이 사라진 日마을에 등장한 사람크기 인형」 『머니투데이』 2019.
12.23.

「學校의 四季〈2〉過密학급」 『동아일보』 1980.3.13.

「아동기본법 제정 추진, 어디까지 왔나?」 『복지타임즈』 2023.9.5.

「아동권리보장원장 "짧은 유튜브 촬영도 아동에겐 '노동'"[인터뷰]」
『뉴시스』 2023.8.8.

「청주 여중생 투신사건…왜 이들의 죽음 막지 못했나」 『아시아경제』
2021.5.19.

「美법원, 사슴 밀렵꾼에 "'밤비' 시청하고 반성해라"」 『연합뉴스』
2018.12.18.

「김지현의 청년 관점〈8〉2021 부산청년주간 참가기」 『국제신문』
2021.10.21.

「시설·위탁가정 떠난 자립준비청년 18% "자살 심각하게 생각"」 『한
겨레』 2024.6.26.

「3분기 출산율 0.8명 아래로…인구 35개월째 감소」 『연합뉴스』 2022.
11.23.

「"전두환 정권, '아동 수출'로 한해 200억 벌었다"」 『프레시안』 2017.
9.12.

"Penelope (15) fra Oslo Valgt Som Ny Unicef-Ambassadør" *NRK* 2019.
9.29.

"Motherwell Teenager with Sight Loss Hails Braille Over Technology"
GlasgowWorld 2022.1.12.

잡지·논문

강기화 「소수의 힘」 『어린이와 문학』 2022년 겨울호.

김유진 「마이너의 마이너로서 쓴다는 일」 『창비어린이』 2022년 겨울호.

한서승희 「국외 입양과 아동의 이주」 『민족연구』 60호, 2014.

마해송 「아동들은 무엇을 요구하는가」 『여원』 1956년 5월호.

2부

단행본

한스 크리스티안 안데르센 글, 니콜라우스 하이델바흐 그림 『안데르센 메르헨』, 김서정 옮김, 문학과지성사 2012.

이현 글, 이영환 그림 『플레이 볼』, 한겨레아이들 2016; 개정판 비룡소 2024.

밀턴 레서 『소년 우주 파일럿』, 엄기원 옮김, 계림출판사 1975.

제리 크래프트 『뉴 키드』, 조고은 옮김, 보물창고 2020.

재키 울슐라거 『안데르센 평전』, 전선화 옮김, 미래인 2006.

『토베 얀손 창작과 삶에 대한 욕망 1914-2001』, 핀란드국립미술관, 아테네움미술관 엮음, 김영란 옮김, 작가정신 2017.

권정생 글, 이철수 그림 『몽실 언니』, 창비 1984, 개정판 2012.

김중미 글, 송진헌 그림 『괭이부리말 아이들』, 창비 2001.

황선미 글, 김환영 그림 『마당을 나온 암탉』, 사계절 2000.

이수지 『이상한 나라의 앨리스』, 비룡소 2015.

_____ 『여름이 온다』, 비룡소 2021.

나타샤 패런트 글, 리디아 코리 그림 『여덟 공주와 마법 거울』, 김지
은 옮김, 사계절 2022.

맷 데 라 페냐 글, 크리스티나 로빈슨 그림 『마일로가 상상한 세상』,
김지은 옮김, 북극곰 2022.

레이먼드 브리그스 『산타 할아버지』, 박상희 옮김, 비룡소 1995.

_____ 『산타 할아버지의 휴가』, 김정하 옮김, 비룡소 1995.

_____ 『바람이 불 때에』, 김경미 옮김, 시공주니어 1999.

백희나 『알사탕』, 책읽는곰 2017; 개정판 스토리보울 2024.

존 클라센 『오틸라와 해골』, 서남희 옮김, 시공주니어 2023.

정용준 『내가 말하고 있잖아』, 민음사 2020.

조던 스콧 글, 시드니 스미스 그림 『나는 강물처럼 말해요』, 김지은
옮김, 책읽는곰 2021.

이주희 그림 『동시 유령의 비밀 수업』, 김제곤 엮음, 창비 2023.

시드니 스미스 『거리에 핀 꽃』, 국민서관 2015.

콰미 알렉산더 글, 카디르 넬슨 그림 『우리는 패배하지 않아』, 조고
은 옮김, 보물창고 2020.

Jean Little, *Mama's Going to Buy You a Mockingbird*, Viking Juvenile 1985.

Katherine Rundell, *Why You Should Read Children's Books, Even Though
You Are So Old and Wise*, Bloomsbury Pubulishing 2019.

Jordan Scott, *Blert*, Coach House Books 2004.

신문 기사

「위태롭고 슬픈 통계…우리 아이들은 행복하지 않다」 『경향신문』
2024.5.5.

"Couple Torture and Murder 8-year-old Maid for Letting Parrots Free, Pakistan Police Say" *Independent* 2020.6.2.

"Artist Christian Robinson Draws on His Past for New Book, 'Milo Imagines the World'" *Today* 2021.2.2.

"Jean Little was Her Family's Poet and a Pioneer in the Canadian Kidlit Community" *Quill&Quire* 2020.4.17.

"Who Don't We See in Children's Books? Disabled People Just Living Their Lives. Here's Why It Matters" *NorthumberlandNews* 2022. 12.24.

잡지·논문

권정생 「목숨에 대한 사랑의 문학」 『시와 동화』 10호, 1999.

성동혁 「퇴원」 『창비어린이』 2020년 겨울호.

김진경 「옐로 피버, 아시아 여성 향한 왜곡된 선호」 『시사IN』 709호, 2021.

김지혜 「차별에 굴복한 14년, '평등 및 차별금지에 관한 법률(평등법)'로 멈춰야 할 시간」 『인권』 2020년 8월호.

3부

단행본

백희나 『구름빵』, 한솔교육 2004.

너새니얼 호손 「큰 바위 얼굴」, 이종인 옮김, 가지않은길 2013.

프랑크 헤르만 『거인 앨릭스의 모험』, 중앙일보 1979.

김남중 글, 오승민 그림 『동화 없는 동화책』, 창비 2011.

전미화『오빠와 손잡고』, 웅진주니어 2020.

권정민『엄마 도감』, 웅진주니어 2021.

_____『지혜로운 멧돼지가 되기 위한 지침서』, 보림 2016.

_____『이상한 나라의 그림 사전』, 문학과지성사 2020.

_____『우리는 당신에 대해 조금 알고 있습니다』, 문학동네 2019.

존 버닝햄『지각대장 존』, 박상희 옮김, 비룡소 1995.

사라 스트리스베리 글, 베아트리체 알레마냐 그림『우리는 공원에 간다』, 안미란 옮김, 롭 2023.

오정희『유년의뜰』, 문학과지성사 1998; 개정판 2017.

필리파 피어스 글, 강상훈 그림『한밤중 톰의 정원에서』, 햇살과나무꾼 옮김, 창비 2001.

김동수『문수의 비밀』, 창비 2021.

미카엘라 치리프 글, 호아킨 캄프 그림『아기 달래기 대작전』, 문주선 옮김, 키다리 2023.

매들린 번팅『사랑의 노동』, 김승진 옮김, 반비 2022.

국제청소년글쓰기센터연맹『이렇게까지 아름다운, 아이들을 위한 세계의 공간』, 김마림 옮김, 미메시스 2023.

416단원고약전작가단『짧은, 그리고 영원한 1권 너와 나의 슈가젤리』, 굿플러스북 2016.

아스트리드 린드그렌 글, 일론 비클란드 그림『사자왕 형제의 모험』, 김경희 옮김, 창비 1983; 개정판 2015.

조던 스콧 글, 시드니 스미스 그림『할머니의 뜰에서』, 김마림 옮김, 책읽는곰 2023.

신문·방송 기사

「'언택트'는 우리나라에서만 쓰는 말…이 단어로 바꿔 쓴다」『머니투데이』 2020.10.8.

「[황출새]"학교 위에 아파트? 초품아,주학복합,주교복합 누리꾼 반발 사"」『YTN』 2021.8.11.

「경기도, 노인 통행 많은 횡단보도 '초록불' 연장」『한국일보』 2019.2.13.

「헌재, '민식이법' 합헌…"어린이 보호 위해 가중처벌 불가피"」『뉴스핌』 2023.2.27.

"Bong Joon-ho's Dystopia Is Already Here" *Vulture* 2019.10.7.

"The Caldecott Medal Needs an International Makeover" *The New york Times* 2019.12.12.

"Native Americans Protesting Trump Trip to Mount Rushmore" *AP* 2020.6.27.

"How a little More Silence in Children's Lives Helps Them Grow" *NPR* 2023.5.24.

어린이는 멀리 간다

초판 1쇄 발행 • 2025년 5월 23일
초판 2쇄 발행 • 2025년 6월 16일

지은이 • 김지은
펴낸이 • 염종선
책임편집 • 이상연
조판 • 박지현
펴낸곳 • (주)창비
등록 • 1986년 8월 5일 제85호
주소 • 10881 경기도 파주시 회동길 184
전화 • 031-955-3333
팩스 • 영업 031-955-3399 편집 031-955-3400
홈페이지 • www.changbi.com
전자우편 • enfant@changbi.com

ⓒ 김지은 2025
ISBN 978-89-364-4894-3 03810